Ich habe wiederholt bemerkt, dass man nach einem Traum, in dem man ermordet wird, leichter wieder einschläft als nach einem, in dem man ein Mörder ist. Ein Pluspunkt für den Mörder.

E. M. Cioran, *Gevierteilt*

Erster Teil

1

Der große Zeiger der Uhr an der Vorderfront des Frankfurter Hauptbahnhofs macht einen Minutensprung zur Zwölf, und Michael Keller steigt in das Taxi, das gerade zur ersten Position aufgeschlossen hat. Während er sich auf den Beifahrersitz fallen lässt und die Waffe in der linken Innentasche der Wildlederjacke unangenehm aufs Herz drückt, sieht er schräg empor zur Bahnhofsuhr, genau in dem Augenblick, als der große Zeiger über den kleinen rückt und ihn vollständig verbirgt. Keller zieht die Tür zu. Seine Aktentasche hält er auf dem Schoß. Aus den Kugelboxen über der Rückbank dröhnt:

When marimba rhythm starts to play …

»Genau zwölf Uhr«, sagt Keller in die Musik.

… dance with me, make me sway …

Der Fahrer nickt und dreht leiser.

… like the lazy ocean hugs the shore …

»Fernfahrt«, sagt Keller.

… hold me close, sway me more.

Der Fahrer nickt wieder und schaltet die Musik aus: »Scheint heute mein Glückstag zu sein.«

»Schon möglich. Messegelände, bitte.«

»Zur Messe? Geht klar! Ist nur keine Fernfahrt.«

»Messe Düsseldorf, wenn Sie's machen wollen.«

Der Fahrer pfeift durch die Zähne und kuppelt ein. Normalerweise wird bei solchen Touren ein Pauschalpreis vereinbart und im Voraus bezahlt. Wie in den Puffs rund um den Bahnhof. Die Strecke Frankfurt–Düsseldorf ist zwischen zweihundertfünfzig und dreihundert Euro wert, zu viel für einen Streit am Ende der Fahrt. Aber er sagt nichts, meldet der Zentrale die Tour, schaltet dann den Funk ab, stellt den Entfernungszähler auf Null und fährt los. Keller nimmt die schwarze Aktentasche vom Schoß und wirft sie durch die Lücke zwischen den Vordersitzen nach hinten. Der Fahrer räuspert sich: »Bitte schnallen Sie sich an. Ist Vorschrift, wissen Sie ja, und wenn was passiert, bin ich der Dumme.« Ohne zu antworten zieht Keller den Gurt von der Rolle und achtet darauf, dass er diagonal unterhalb der Waffe verläuft. Der Fahrer brummt ein »Danke«, als der Bügel einrastet mit einem schönen, kalten Geräusch.

Sie haben Glück und kommen rasch aus der Stadt, halbwegs fließender Verkehr um den Bahnhof herum und kein Stau auf dem Zubringer zum Westkreuz. Keller hat einen Fehler gemacht, als er vorn eingestiegen ist. Er will dem Mann in die Augen sehen, der Vanessa umbrachte, und das wäre von hinten über den Rückspiegel leichter. Jetzt hat er das Gesicht im Profil. Er wird bis zum ersten Rastplatz nach dem Wiesbadener Kreuz warten müssen, wo er den Fahrer um eine Pause bitten will. In der Parkbucht wird er ihm wortlos die Mündung der Pistole auf die Stirn setzen und abdrücken. Er wird dem Mörder als Mörder in die Augen blicken. Zum Schluss, und nur ganz kurz. Es ist alles genau geplant. Bis zu diesem letzten Augenblick. Der Fahrer wird auf die Spur zum Rastplatz wechseln, die Geschwindigkeit gleichmäßig abfallen lassen, vor der Schleifenkurve zu den Parkplätzen abbremsen, den Wagen in eine der Buchten steuern, den Motor abstellen, sich leicht nach rechts zum Beifahrersitz drehen und nach dem Gurtverschluss greifen; in diesem Moment wird er das Metall des Pistolenlaufs auf der Stirn spüren und nicht einmal Zeit haben, in Schweiß auszubrechen. Es wird keinen Urteilsspruch geben, keine Erklärungen, kein Flehen und kein Erbarmen, nur eine Sekunde Auge in Auge, das Anwinkeln des Zeigefingers.

Wenn das alles geschehen sein wird, ist die Vergangenheit endlich ausgelöscht und eine neue Zukunft beginnt. Keller bleibt einfach auf seinem Platz im Taxi sitzen und wartet, welches Leben für ihn anfängt, nachdem er das des anderen beendet hat. Er wirft die Pistole nach hinten zur Aktentasche und starrt zur Windschutzscheibe hinaus. Nach einer Weile wischt er mit der flachen Hand das Blut ab, das ihm ins Gesicht gespritzt ist. Dann hört er die Polizeisirenen. Draußen stehen mit großem Abstand Leute herum und starren herüber. Polizisten drängen die Schaulustigen noch weiter zurück und ziehen ein Absperrband, bevor sich Scharfschützen in schusssicheren Westen aufstellen. Eine Megaphonstimme fordert ihn auf, die Scheibe herunter zu lassen, beide Arme durch das Fenster zu strecken, die Tür von außen zu öffnen und mit durchs Fenster gestreckten Armen aus dem Wagen zu steigen. Er wird sich festnehmen lassen und ihnen sagen, dass sie die Aktentasche öffnen sollen, die hinten auf der Rückbank liegt. Sie werden das Diktiergerät mit dem Band finden, das er vor langer Zeit besprochen hat, Rachegelöbnis und Geständnis in einem, aufgenommen neunzehn Jahre vor der Tat, ein Jahr nach dem Mord, den der Mord rächt. Die Aktentasche enthält in einem verschlossenen Umschlag Zeitungsausschnitte mit Prozessberichten, die Überschriften in großen Buchstaben, »Düsseldorfer Raubmordprozess: Angeklagter geständig«, »Lebenslänglich für kaltblütigen Todesschuss« – die Artikel sind illustriert mit Zeichnungen aus dem Gerichtssaal, mit Porträts des Verurteilten, wie er dastand vor neunzehn Jahren, schmal, verstockt, den Kopf nach unten gesenkt. Und der tot im Gurt hängt, wenn das alles geschehen sein wird.

Als sie auf der A3 Richtung Düsseldorf sind, ist Keller doch froh, vorne zu sitzen und mit dem anderen bei Hundertfünfzig durch die Windschutzscheibe auf die Straße zu schauen. Die weißen Streifen, die auf sie zuflitzen, scheinen jedes Mal, bevor sie auf der linken Seite der Karosserie aus dem Blickfeld zucken, noch einen Sprung zu machen, im allerletzten Moment. Die Nähe zum Mörder seiner Frau füllt ihn aus. Er ist ganz bei sich, ganz am richtigen Platz, endlich mit seiner Aufgabe konfrontiert. Aber er spürt keinen Hass, hat ihn unterwegs verloren, oder der Hass hat sich verflüchtigt, wie sich auch das schwerste Parfum irgendwann verflüchtigt. Man muss noch mal auflegen im Lauf eines langen Abends, pflegte Vanessa zu sagen, wenn sie miteinander ausgingen, vor so langer Zeit. Mit herrlicher Verlässlichkeit stöckelte sie nach dem Dessert, das Handtäschchen schlenkernd, zur Restauranttoilette, um die Lippen nachzuziehen und ein frisches Tröpfchen hinter jedes Ohr zu tupfen. Er liebte ihre Ohren und kannte ihren Geschmack, er liebte ihren Hals, ihr Haar und all die blitzgescheiten Ideen hinter ihrer Stirn. Er liebte es, ihr nachzusehen, wenn sie den Tisch verließ, und wusste genau, dass sie genau wusste, wie er ihr nachsah und dabei ihren Po in seinem Schoß fühlte. Er liebte das Rot an ihren Zähnen, wenn sie zurückkam und sich unterwegs auf die gerade erst nachgeschminkten Lippen gebissen hatte, weil ihr plötzlich etwas eingefallen war, irgendein juristischer Kniff, mit dem sie ein Problem lösen konnte, das ihr in der Wirtschaftskanzlei zu schaffen machte.

Sie war achtundzwanzig, im zweiten Jahr der Ehe, als er sie in der Johannisnacht, nur wenige Tage nach ihrem Geburtstag, mit zerschossener Lunge zwischen rosafarbenen Glassplittern liegend auf dem Fußboden fand, und sie in seinen Armen verblutete mit dieser rasenden Todesangst in den Augen, die er bald in denen des anderen wiedersehen würde, und die Zähne rot vom Blut, das ihr beim Ausatmen aus dem Mund quoll. Jetzt würde sie bald achtundvierzig werden, in drei Jahren hätten sie silberne Hochzeit feiern können – ein verlängertes Wochenende in Rom als Reminiszenz an ihre italienische Hochzeitsreise, im Zickzack mit der Bahn den Stiefel hinunter: Mailand, Ravenna, Rom, Neapel, Tarent, Reggio an der Stiefelspitze, dann hinüber ins sizilianische Messina und schließlich von Palermo mit dem Flugzeug zurück nach Hause. In Rom hatten sie den ursprünglich für drei Tage geplanten Aufenthalt auf eine Woche verlängert. Sightseeing und Shopping, das eine am Vormittag, das andere nachmittags, das eine gemeinsam, das andere getrennt. Sie jagte Handtaschen und Schuhe, die sie mit der Post nach Hause schickte. Er ließ sich einen Maßanzug schneidern und trieb sich in Trödelläden und Antiquariaten herum. In einem dieser Geschäfte stöberte er zwei Langspielplatten mit Conlon Nancarrows *Studies for player piano* auf, die er in Düsseldorf vergeblich gesucht hatte, Musik für Pianolas, mechanische Klaviere mit Stiftwalzen, die von gelochten Papierstreifen in Bewegung gesetzt werden und ihrerseits die Hämmerchen bewegen, mit denen die Saiten angeschlagen werden. Ein Klavier, das keine Spieler braucht. Als Kind hatte er Unterricht genommen, jetzt fehlte ihm für das Üben die Zeit; er rührte den Flügel nicht mehr an, sein Geklimper war ihm peinlich. Bei Gelegenheit würde er den schönen Bechstein durch ein Pianola ersetzen. Aber ein gut erhaltenes, noch spielfähiges Instrument dieser ausgestorbenen Art war nicht so leicht aufzutreiben. Immerhin würde er nun, da er das Nancarrow-Album gefunden hatte, die Musik aus den Löchern von der Platte hören können.

Das touristische Programm in Rom absolvierten Vanessa und Michael Arm in Arm, und bei ihrer Wiederholungsreise zur silbernen Hochzeit würden sie es wieder so halten. Kolosseum, Petersdom, Forum Romanum. In der Sixtinischen Kapelle hält der Apostel Bartholomäus noch immer seine abgezogene Haut den Besuchern entgegen in einem ewigen Tag des Jüngsten Gerichts. Erweckung der Toten, Auferstehung des Fleisches. Das Gesicht der Haut in der Hand des Apostels trägt die Züge Michelangelos. Die Romreise würden sie am letzten Abend mit einem Candlelightdinner abschließen. Wie damals würde Vanessa nach dem Dessert zum Lippenstiftauflegen den Tisch verlassen, die Hüften wiegend, weil sie wüsste, dass er ihr nach all den gemeinsamen Jahren immer noch hinterherblickte, obwohl sie fülliger geworden wäre und das Älterwerden ihre Wespenkontur ein wenig verhummelt hätte. Sie würde mit akkurat nachgezogenem Rot zurückkommen und eine neue blitzgescheite Idee mitbringen, sich unterwegs aber nicht mehr auf die Lippen beißen, das hatte sie sich längst abgewöhnt. Beide würden sie die Wiederholung ihres Romaufenthalts vor fünfundzwanzig

Jahren genießen, fünfundzwanzig glückliche Jahre, und dann würden fünfundzwanzig weitere kommen bis zur goldenen Hochzeit, bis zur dritten Reise nach Rom. Ob sich die Ewige Stadt bis dahin erneut so verändert haben würde wie zwischen der ersten und der zweiten Reise? Michelangelos Jüngstes Gericht in der Sixtinischen Kapelle hatte durch eine Restaurierung in den 90ern selbst eine Art Auferstehung erlebt. Er hatte in den Zeitungen davon gelesen, wie fröhlich und bunt nun die Farben leuchten, manche Kunsthistoriker behaupteten, viel fröhlicher und bunter als zu Michelangelos Zeiten. Hand in Hand würde er mit Vanessa in der Kapelle stehen und sich an die erste Hochzeitsreise erinnern. Auch die zweite würden sie allein machen, nur sie beide, ohne die Kinder.

Er blickt durch die Windschutzscheibe hinaus auf die heranspringenden weißen Streifen. Es hätte Kinder gegeben, das stand fest, sogar über die Namen hatten sie sich schon verständigt, nur waren sie damals noch nicht so weit, er und Vanessa, als der Mann, der ihn jetzt nach Düsseldorf fährt, den Schuss abgegeben hatte, der sie tötete, und eigentlich auch die Kinder, vielleicht einen Felix, vielleicht eine Anna, die noch gar nicht da gewesen waren, aber bestimmt gekommen wären.

Er hebt den Blick und sieht dem Mann, den er aufgespürt, den er genau genommen nie aus den Augen verloren hat in den letzten zwanzig Jahren, von der Seite ins

Gesicht. Der Hass ist verschwunden, die Waffe ist noch da. Er hat damit gerechnet, dass sich der Hass über die Jahre verflüchtigt, er ist darauf vorbereitet. Auf den Hass kommt es nicht mehr an. Nur auf die Todesangst in den Augen des Mörders und auf den Willen zur Vergeltung, den nackten Willen zur Vergeltung, dem alles andere weichen muss, auch Michael Kellers eigenes Leben. Es geht darum, den Schwur einzulösen, den er sich selbst geschworen und auf der Diktierkassette, die jetzt hinten in der Aktentasche liegt, bekräftigt hat an jenem Tag, als er in den Gerichtssaal gekommen war, um sich vom Zuschauerraum aus den Mörder anzusehen: Sebastian Neubert, vorbestraft wegen Autodiebstahls, sechsundzwanzig Jahre alt, schlaksig und verzappelt, rotblond, mit Sommersprossen, ein Goldkettchen um den dünnen Hals mit dem hervortretenden Adamsapfel, schmales Gesicht, den Blick fast immer zu Boden gerichtet, in sich selbst gesperrt, des Mordes an Vanessa Keller angeklagt, die ihn beim Einbruch in ihre Düsseldorfer Zweitwohnung überrascht hatte, das Appartement aus ihrer Studienzeit, das nach der Eheschließung nur selten genutzt wurde, aber immer noch nicht aufgelöst war. Sebastian Neubert, sechsundvierzig Jahre alt, sehnig, kraftvoll, beherrscht, gelichtetes Haar, ergraute Schläfen, randlose Brille mit filigranen goldfarbenen Bügeln im immer noch schmalen Gesicht, den Blick ruhig und konzentriert nach vorn zur Straße gerichtet, verurteilt zu lebenslänglich, nach sechzehn Jahren aus der Haft entlassen, zweieinhalb Jahre arbeitslos, seit kurzem Taxifahrer und nun mit seinem Henker unterwegs zum Richtplatz, während er glaubt, einen Geschäftsmann von Frankfurt nach Düsseldorf zu fahren.

Der Angeklagte hatte geschossen und dann der Sterbenden die beiden Ohrclips abgezogen, bevor er geflohen war mit einer Beute von achthundert Mark, einem funkelnden Strasscollier und den Clips, glitzernd und so wertlos wie das Collier. Keller hat sie in der rechten Jackentasche. Er könnte hineingreifen, die Ohrclips herausholen und sie dem Mann neben sich auf der flachen Hand präsentieren in voller Fahrt. Vielleicht würde der Mörder seine Beute erkennen, schlagartig, und die weißen Streifen würden zu schlingern anfangen.

Keller war dem Prozess vor neunzehn Jahren ferngeblieben. Er glaubte, es nicht ertragen zu können, beherrscht im Saal zu sitzen, die Rache an das Recht abtretend, dem zermürbenden Ritual eines Strafprozesses preisgegeben, den Regeln und Roben, durch die Staatsanwälte, Verteidiger und Richter über das menschliche Verlangen nach Vergeltung hinausgehoben und zu Sachwaltern des Gesetzes gemacht werden. Die Wahrnehmung seiner Rechte als Nebenkläger hatte Keller einem Anwalt anvertraut. Der Tathergang war geklärt, der Angeklagte geständig. Der Staatsanwalt konnte bewegt werden, Keller nicht in den Zeugenstand zu rufen, auch der Pflichtverteidiger verzichtete auf eine Befragung. Keller nahm an keiner Verhandlung teil. Bis zu dem Tag, als er sich unauffällig zwischen die Zuschauer hinter der Balustrade gesetzt und diesen verstockten jungen Mann betrachtet hatte, dem man einen Handtaschendiebstahl zutrauen mochte, aber keinen Raubmord. Er sah sich diesen Mann, diesen Jungen genau an, studierte ihn, soweit das aus der Distanz möglich war, und versuchte zu begreifen. Wie hatte das alles geschehen können? Die aufgebrochene Schreibtischschublade, in der das Geld gelegen hatte, war der Grund dafür, warum Vanessa an jenem Abend überhaupt noch in die Wohnung gegangen war. Der in tausend rosarote Splitter zerborstene Flamingo, mundgeblasen, beinahe lebensgroß, durchsichtig und zart, gegen den der Schuss sie geschleudert hatte. Keller machte die Augen zu im Gerichtssaal, das Blut quoll ihr aus dem Mund, sie hustete, und ein Spritzer traf sein Gesicht, dann starb sie, das Grauen im Blick, auf immer und ewig verloren. Mit geschlossenen Augen saß er zwischen den Zuschauern und hörte, wie der Staatsanwalt den Angeklagten fragte, ob er kein Mitleid mit der Frau empfunden habe, als er sich zu ihr hinabbeugte, um ihr die Ringe von den Ohren zu ziehen. Sebastian Neubert antwortete, dass er nicht gewusst habe, dass die Frau stirbt. Er sagte nicht, »es tut mir Leid«, was wenig genug gewesen wäre, er sagte, »ich wusste nicht, dass die Frau stirbt«. Da öffnete Keller die Augen, sprach stumm sein Urteil, schwor steinern Rache und verließ den Saal, ohne das Urteil des Gerichts abzuwarten. Für ihn legte die vom Richter verhängte Strafe nur die Zeit fest, die er bis zur Vergeltung überbrücken musste. Aus der Sicht von Sebastian Neubert mochte das Urteil die Strafe abmessen. Aus der Sicht Michael Kellers war sie ein Aufschub, eine Gnadenfrist für den Mörder, eine Geduldsprobe für den Rächer. Was wird »lebenslänglich« in Wahrheit bedeuten? Wie wird die Sozialprognose des Inhaftierten sein? Wann wird der erste Antrag auf Haftprüfung gestellt, und wie wird er beschieden? Das alles würde Keller mitverfolgen und aushalten müssen, mit äußerster Sorgfalt darauf achtend, dass sein Schwur mit den Jahren nicht nach innen sickerte, indifferent wurde und schließlich halb vergessen in einem erleichternden Verzeihen verschwand. Die Zeit trägt Berge ab, lässt Meere versickern, Wälder werden Wüsten und Wüsten Wälder. Vor nichts musste er mehr auf der Hut sein als vor dem müden Verzicht auf die Vollstreckung, nachdem der Zeitraum, den der Richterspruch zwischen das Verbrechen und die Rache gelegt hatte, endlich durchschritten war. Keller nahm sich vor, das Sandkorn seines Verlangens nach Vergeltung zu umschließen und es reifen und wachsen zu lassen wie eine Perle.

Er zieht den Gurt zurecht, wendet den Blick vom Gesicht des Fahrers und sieht wieder nach vorn auf die weißen Streifen, wundert sich erneut über die optische Täuschung der Tigersprünge. Es scheint ihm, als habe der Mann, der mit ruhigen, kontrollierten Bewegungen den Wagen durch den Verkehr steuert, keine Ähnlichkeit mit dem verstockten, zurückgeblieben wirkenden Jungen im Gerichtssaal; und doch ist es derselbe Mensch, wie auch Keller immer noch derselbe Mensch ist, obwohl er sich fragt, wie viel den Fünfzigjährigen, der auf dem Weg ist, einen Schwur einzulösen, noch mit dem Dreißigjährigen verbindet, der ihn einst geschworen hat.

Er nahm nicht am Prozess teil, und er hatte sich auch geweigert, am Begräbnis teilzunehmen. Dies führte zum Bruch mit Vanessas Familie und mit der eigenen. Beide Seiten warfen ihm vor, die Trauer zu verweigern, besonders aber, den gesellschaftlichen Anstand zu verletzen. Jedenfalls glaubte Keller, dass die Verletzung des Anstands der eigentliche Grund für die familiären Zerwürfnisse war, sein kränkendes Ablehnen der Gepflogenheiten, die aufrechtzuerhalten sind von der Wiege bis zur Bahre, was immer auch geschieht. Es war ihm unerträglich, Vanessa in einer blumengeschmückten Holzkiste zu wissen, die feierlich an Seilen in ein Erdloch hinabgelassen wird. Glöckchen bimmeln, ein Pfarrer murmelt ratlos etwas von »zu früh dahingegangen«, zwölfjährige Ministranten in weißen Gewändern mit schwarzem Besatz machen traurige Gesichter, während in ihren Augen die Fröhlichkeit tanzt und sie vor Langeweile mit den Schuhen die Waden scheuern. Er hatte das alles erlebt bei früheren Begräbnissen, es nüchtern und kühl beobachtet, bevor er selbst an die Gräber getreten war und, wie es sich gehörte, mit Schippchen etwas Erde hinuntergeworfen hatte auf die Särge ihm nahezu fremder Menschen. Nein, Vanessa konnte er so nicht das letzte Geleit geben. Das letzte Geleit gibt er ihr, indem er den Mörder zur Strecke bringt.

Trotzdem versuchte Keller, sich zwischen Begräbnis und Prozess zusammenzureißen, weiterzuleben, nicht aus der Bahn zu geraten, wie die Leute es ausdrückten, sich auf seine Karriere zu konzentrieren, nicht verrückt zu werden. Er ging nie ans Grab. Er knüpfte keinen Trauerflor an das gerahmte Foto, das weiter auf seinem Schreibtisch stand, Vanessa lasziv vor der Verzückung der heiligen Theresia von Gian Lorenzo Bernini, aufgenommen während der Hochzeitsreise in der Kirche Santa Maria della Vittoria. Keller war in die Hocke gegangen und fotografierte Vanessa im Hochformat vor der Balustrade, die den Altarraum abtrennt, und hinter ihr wand sich überlebensgroß die Heilige mit geöffneten Lippen und über die Augen gesunkenen Lidern, dem Engel der Ekstase hingegeben, der über sie kommt mit der Lanze in der Hand, bereit, ihr Herz zu durchbohren. Der Leib Theresias schien zu beben unter den steinernen Falten ihres Gewands. Vanessa stand zwei Meter davor, die Hand auf der Hüfte, blickte herausfordernd auf Michael hinab, der mit der Kamera am Auge beinahe vor ihr kniete in dieser Seitenkapelle, der Grablege einer venezianischen Adelsfamilie. Nun lag sie selbst im Sarg. Nachts stiegen die Flamingos auf in rosaroten Gefiederwolken, aber wenn sie sich niederließen, hatten sie Blut an den Schnäbeln und kurze, stämmige Beine wie Geier. Wochenlang träumte Keller diesen Traum, manchmal mehrere Male in einer Nacht. Rosarote Totenvögel. Purpurfarben quoll das Leben aus Vanessas Mund. Das Blut floss über seine Hand, die ihren Kopf stützte, und war durchsetzt mit kleinen, dunkelroten, fast schwarzen Klümpchen. Tagsüber litt er unter Kopfschmerzen, in den Nächten lag er schlaflos, sehnte sich nach dem Einschlafen, fürchtete die Träume. Wenn ihm die Augen zufielen, stiegen die Flamingos auf. Im Büro sank er manchmal in seinem Stuhl zusammen, legte die Arme auf die Schreibtischplatte, bettete schräg den Kopf, dämmerte ein paar Minuten, und Vanessa blickte auf ihn nieder aus dem Foto ohne Trauerflor.

Er folgte dem Rat seines Arztes und suchte eine Therapeutin auf. PTSD diagnostizierte sie, die Buchstaben komisch trennend, als würde sie ein Autokennzeichen hersagen, *Posttraumatic Stress Disorder*. Manchmal war ihm speiübel, wenn er in ihrem Behandlungszimmer saß. Er berichtete von seinen Kopfschmerzen und beschrieb die Erschöpfungszustände im Büro. Die Flamingoträume erwähnte er nicht. Für die Schilderung seiner Isolationsgefühle fehlten ihm die Worte, er flüchtete in Bilder, sprach davon, dass die Fäden zwischen ihm und den anderen durchtrennt seien, dass ihn ein vollkommen leerer Distanzraum umschließe wie einen aus dem Netz geschnittenen Knoten. Einmal erwähnte er seine Rachephantasien, die Vorstellung, den Mörder Vanessas, der in der Untersuchungshaft auf den Prozess wartete, im Gerichtssaal niederzuschießen, wie es vor drei oder vier Jahren diese Frau getan hatte, der Name fiel ihm nicht ein, die vor den Augen der Richter den Mörder ihrer Tochter tötete. Marianne Bachmeier, jetzt erinnerte er sich. Acht Schüsse hatte sie abgegeben, sechs hatten getroffen. Es muss berauschend für sie gewesen sein, wie eine Epiphanie, als sie den Mörder zur Hölle schickte.

Er ging in die Therapiesitzungen, nahm artig Platz und malte der schrecklich verständnisvollen Psychologin seine dunkelroten Tagträume aus, weil er hoffte, seiner Rachephantasien auf diese Weise Herr werden zu können. Es gelang ihm nicht. Das Verlangen nach Vergeltung ließ sich nicht wegerzählen. Das Erzählen und Erzählen und noch einmal Erzählen zermahlte die Erinnerung in nichts als lauter Wörter. Das Gebot der Rache blieb hart wie Granit. Aber sosehr er sich davor fürchtete, zum Fossil der eigenen Empfindungen zu versteinern, sosehr hielt er gleichzeitig an der Vorstellung fest, den Mörder zur Strecke zu bringen. Die Therapeutin forschte nach der Verletzung hinter der Verletzung, wie sie es ausdrückte, seiner Unfähigkeit zu trauern, war mehr an möglichen Beschädigungen in früher Kindheit interessiert als am Drama der Gegenwart. Er berichtete von seiner Introvertiertheit, als er ein Jugendlicher war, einer bis ins Erwachsenenalter reichenden anmaßenden Schüchternheit, aus der ihn erst, obwohl sie nicht seine erste Liebe gewesen war, Vanessa herausgeführt hatte, mit ihrer unerreichbaren Art, Zärtlichkeit mit Geistesschärfe zu verbinden. In wachsendem Ärger auf die Therapeutin, von der er sich bedrängt fühlte, stieg er weiter hinab, als wäre die Seele ein Haus und das Unbewusste der Keller, in dem wie in einem viktorianischen Roman die Leichen liegen. Es entging ihm nicht, dass die Therapeutin hellhörig wurde wie eine Untersuchungsrichterin, die ein Geständnis erwartet, als er von einer Krankheit berichtete, die er als Säugling in der Klinik durchgestanden hatte, zwei Monate mit anderen Säuglingen in Bettchen, die nebeneinander hinter einer Glaswand aufgestellt waren, an die schluchzende Mütter mit den Knöcheln klopften, um die Blicke ihrer Babys auf sich zu lenken. Man ließ die Mütter nicht zu den Kindern, fürchtete die »Keime«, die sie von draußen einschleppen könnten. Sie durften die Kinder durch die Scheibe sehen, aber das Zimmer nicht betreten. Manche ertrugen es nicht und blieben weg, andere legten ihre Stirn ans Glas und weinten. Als alles überstanden war und den Müttern ihre Babys wieder in die Arme gelegt wurden, erkannten die Kinder sie nicht wieder. Er hatte keine Erinnerung an diese Erfahrung, natürlich nicht, wusste davon nur durch die Geschichten, die seine Mutter später darüber erzählte. Er hatte die Erinnerung nicht, er war sie, so drückte es die Therapeutin aus, wir sind nicht die Träger unserer Erfahrungen, sondern ihre Verkörperung; das Unbewusste, die Seele und die neuronale Struktur des Gehirns sind keine Speicher, aus denen man abrufen oder die man einfach löschen kann. Wir sind immer auch das, was uns angetan wird, und müssen es sein, müssen es annehmen, integrieren, wenn wir nicht daran zerbrechen wollen. Also war die frühe Trennung von der Mutter an allem schuld? Und das, was Vanessas Tod in ihm absterben ließ, war in Wahrheit schon in dem Kinderbettchen hinter der gläsernen Scheibe zugrunde gegangen? »Wir sind beim Ursprung des Traumas angelangt«, sagte die Therapeutin und fügte aufmunternd hinzu: »Sie müssen das Trauern lernen und mit dem Trauern das Leben.«

»Ach so«, gab Keller sarkastisch zurück, »das Problem ist meine frühe Kindheit, nicht Vanessas früher Tod.«

Er brach die Behandlung ab. Danach wurde sein Hass inbrünstig, von keiner Zuflucht mehr gehemmt und durch keinen Glauben besänftigt. Das Jüngste Gericht? Die Auferstehung der Toten? Auch den Apostel Bartholomäus, der sich lieber die Haut abziehen ließ, als dass er seinem Gott abschwor, kann dieser Gott nicht von den Toten erwecken, mag der Leib des Apostels noch so kraftstrotzend auferstanden aussehen in der Sixtinischen Kapelle und den Besuchern die Haut mit dem Gesicht Michelangelos entgegenhalten. Sollte das die Wahrheit sein? Es waren bloß Künstlerideen, nichts als Pigmente an einer Wand.

An den Wochenenden schloss er sich in Vanessas Wohnung ein und legte die Schallplatten mit den Pianolavariationen Conlon Nancarrows auf. Menschenleere Musik. Ein Komponist stanzte jahrzehntelang in einem Keller in der Nähe von Mexiko City Löcher in Papierstreifen, und Automaten spielten sie ab. Was die Automaten abspielten, kratzt nun die Nadel aus den Rillen. Keine Interpreten. Keine Gefühle. Keine Ausbrüche. Nur Klang und Nichts. Er saß im Dunkeln, rauchte, trank, hörte die Musik, wartete auf die Stille, die er nicht ertragen konnte. Wenn eine Seite zu Ende war, drehte er die Platte um, oder er führte den Arm an den äußeren Rand zurück, senkte ihn erneut auf die erste Rille, und das Stück begann leise knisternd von vorn. Keine Hoffnung. Auf seinem linken Oberschenkel spürte er eine handtellergroße kribbelnde Stelle, die nach und nach taub wurde. Vorsichtig stach er mit einer Nadel hinein. Kein Schmerz.

Manchmal fuhr er ziellos mit dem Auto herum oder machte lange Spaziergänge am Rhein entlang, brüllte Vanessas Namen mit um den Mund gelegten Händen über den Fluss. Es schien ihm, als gleite er ohne Widerstand dem Wahnsinn entgegen. Bis zu dem Tag, an dem er im Gerichtssaal den Schwur ablegte und mit einem Diktat an sich selbst bekräftigte, das er nach der Entlassung des Mörders wieder abhören wollte. Zum ersten Mal ging er auf den Friedhof, trat an Vanessas Grab, ging in die Knie und wiederholte den Schwur, tränenlos, steinern wie im

Gerichtssaal. Mit dem Taschenmesser kratzte er hinter dem Grabstein eine Vertiefung in die Erde, schob eine Kopie der Kassette hinein, mit Plastik umhüllt und verklebt, und scharrte das Loch wieder zu. Es war nicht länger möglich zu leben. Nicht auf die gleiche Weise, wie er mit Vanessa gelebt hatte. Er musste allem ein Ende machen.

Zuerst löste er Vanessas kleine Wohnung in der Steinstraße auf, danach die große, gemeinsame. Er überließ alle Möbel und Bücher und Erinnerungsstücke Vanessas Familie, mit Ausnahme einer Fotokiste, einer Filmkassette mit den Aufnahmen, die sie voneinander in Rom gemacht hatten, und dem gemeinsamen Tagebuch, das sie dort begonnen und die ersten Monate der Ehe zu Hause weitergeführt hatten, sich mit den Einträgen abwechselnd. Zu den Fotos, der Filmkassette und dem Tagebuch packte er die Zeitungsberichte über den Prozess, das Diktiergerät mit der Originalkassette, auf die er den Schwur gesprochen hatte, und die beiden Eheringe. Er trug alles in einem Koffer zu der Düsseldorfer Privatbank, für die er arbeitete. »Schmuck, Juwelen, Papiere«, sagte er ohne eine Miene zu verziehen zu dem Angestellten, der ihm die Sperrgitter und den begehbaren Safe mit den einzelnen Fächern aufschloss. Nachdem Keller das erledigt hatte, kündigte er gegen den Widerstand seines rührend väterlichen Chefs seine Stelle, brach die Brücken zu den letzten Freunden ab, von denen er sich seit Vanessas Tod noch nicht zurückgezogen hatte, und floh nach Westberlin.

In der ersten Zeit tat er nichts. Nächtelang trieb er sich in Kreuzberger Kneipen herum, betrank sich mit Fremden, probierte fiktive Lebensgeschichten an ihnen aus. Manche von ihnen hörten zu und wiesen ihn auf Widersprüche und Ungereimtheiten hin, störten sich aber nicht weiter daran und hielten ihn freundlich für den, der zu sein er vorgab. Dieses Vertrauen in die Geschichten, die er von sich erzählte, hatte eine eigenartig beruhigende Wirkung auf ihn. Es spaltete den Mann, der mit Vanessa ein ganz anderes Leben gelebt hatte, von ihm ab und stellte ihn beiseite. Wie einen Hadesschatten, zornig und stumm. Bis zu dem Tag, an dem er und der Schatten ineinander treten und Vergeltung üben würden.

Er fing an, sich in alternativen Projekten zu engagieren, stellte Finanzpläne auf für die Sanierung von Häusern, deren Besetzung legalisiert worden war, besorgte Senatsgelder aus Instandsetzungsprogrammen. Er lebte sich ein ins Kreuzberger Milieu. Die Trostlosigkeit wurde er nicht los. Nur vergaß er sie hin und wieder, für Stunden oder für ein paar Tage, wie man einen Schmerz vergisst, an den man sich gewöhnt, weil es anders nicht geht. Seine Bekannten hielten ihn für introvertiert, für einen Träumer, und ließen ihn in Ruhe, wenn er sich zurückzog, abends allein trank statt in der Kneipe und Gesprächen aus dem Weg ging.

Einmal sah er am Kurfürstendamm eine Maus um ihr Leben rennen. Sie lief quer über die Straße unter die heranbrausenden Autos, rannte vor und zurück, drehte sich um sich selbst von Panik und Verzweiflung gepeinigt, verschwand unter den Autos und kam wieder zum Vorschein, jeden Moment konnte ein Reifen sie zerquetschen; da sauste die Maus zurück an die Bordsteinkante, raste an der Kante entlang und verlief sich erneut auf die Fahrbahn, genau in dem Moment, als ein Touristenbus herankam mit gewaltigen Doppelreifen – Keller sah die riesigen Räder, und als der Bus die Maus überrollte, schloss er die Augen, er konnte es nicht ertragen, aber wie durch ein Wunder hatten die Räder nicht getroffen, und als Keller wieder hinsah, raste die Maus immer noch auf der Straße umher, vor und zurück, im Zickzack und in Schlangenlinien, bis sie zum zweiten Mal an die Bordsteinkante zurückfand, hin und her trippelte ganz außer sich und dann ein Loch fand und darin verschwand. Neben Keller hatten noch andere Passanten beobachtet, wie die Maus um ihr Leben lief, und alle stöhnten auf vor Erleichterung, als sie sich endlich retten konnte.

Wenige Tage später verstörte ihn ein anderer Zwischenfall, der ein unerhörtes Glücksgefühl in ihm auslöste. Er stieg die Rolltreppe eines U-Bahnhofs nach oben und bat einen ungefähr gleichaltrigen Mann, der ihm mit einem Rucksack zwischen den Füßen den Weg versperrte, ihn vorbeizulassen. Der Mann schüttelte kalt den Kopf und sagte: »Nein!« Keller zwängte sich vorbei und rempelte den Mann mit der Schulter an. Als er spürte, wie er von hinten an der Jacke gepackt wurde, drehte er sich um, sah dem Mann ganz kurz in die Augen und schlug ihm ins Gesicht. Der Schlag kam für ihn selbst vollkommen überraschend. Noch nie in seinem Erwachsenenleben hatte er die Faust gegen jemanden erhoben, geschweige denn, tatsächlich zugeschlagen. Er war außer sich, und schlagartig, ja, schlagartig wurde ihm bewusst, dass er von allem losgelöst war. Ohne Liebe und ohne Gesetz. Das also ist Freiheit! Die Euphorie der Entledigung ließ ihn fast ohnmächtig werden, und obwohl kein Laut über seine Lippen kam, hatte er das Gefühl, hemmungsloser Jubel ströme aus ihm heraus ohne die geringste Scham. Der Mann ging sofort auf ihn los, packte ihn am Kragen, riss ihn fast zu Boden. Die Rolltreppe kam oben an und Passanten gingen dazwischen, sonst wäre es Keller übel ergangen. Er wehrte sich nicht, hielt nur die Hände vor das Gesicht, um die Schläge des anderen abzuwehren, bis er beiseite gezerrt worden war. Manche Leute hatten die Szene beobachtet und redeten auf Keller ein, machten ihm Vorwürfe und nahmen den anderen in Schutz, der sich mit einem Stinkefinger davonmachte, den Rucksack über eine Schulter gehängt. Natürlich war es Kellers Schuld, natürlich hatte er angefangen. Das bestritt er nicht, nur kam es darauf nicht an. Einer seiner Retter sagte zornig: »Was bist du denn für einer? Wegen nichts und wieder nichts Leuten ins Gesicht zu schlagen.« Keller entschuldigte sich vage, versuchte mit zitternden Händen das zerfetzte Hemd in die

Hose zu stecken und wandte sich ab. Der Jubel schwoll immer noch an, während er sich davonmachte, und als er den U-Bahnhof endlich verlassen hatte, schrie er so laut er konnte, ein Schrei wie ein Aufbrüllen, und er wusste, so wird es ganz am Ende sein, im Augenblick der lang ersehnten Rache, die große Entledigung, unendliche Freiheit zusammengedrängt in einen winzigen Moment – dann nichts mehr. Er wusste jetzt, wie es sein würde nach dem Schuss. Das flutende Gefühl des Glücks ließ nur langsam nach, so langsam wie nach besonders intensiven Alpträumen das Entsetzen. Es dauerte einige Tage, bis der Strom vollständig versiegte und das Bett auszutrocknen begann. Aber er kämpfte darum, die Erinnerung an das, was ihm in diesen wenigen Sekunden widerfahren war, nicht zu verlieren.

Während all der Jahre, die Neubert im Gefängnis verbrachte, achtete Keller darauf, seinen Schwur zu bewahren, mitzunehmen in das, was er erlebte. Über Neubert ließ er sich regelmäßig informieren. Es kam ihm nicht auf Einzelheiten an, nur auf die wichtigen Stationen im Resozialisierungsprozess des Mörders, damit er abschätzen konnte, wann Sebastian Neubert freikommen würde. Er beauftragte den Anwalt, der seinerzeit die Nebenklage vertreten hatte, Neubert im Auge zu behalten, und wartete.

Manchmal legte er eine Platte aus dem Nancarrow-Album auf, lauschte der menschenfernen Walzenmusik, erinnerte sich an Rom, erinnerte sich an die Düsseldorfer

Monate vor seinem Ausbruch nach Westberlin, die er nur dank dieser Musik überlebt hatte. Er dachte an den Meister, wie er mit unendlicher Geduld die Tonfolgen auf Schablonen übertrug und mit Hilfe der Schablonen die Löcher ins Papier stanzte. Die Herstellung einer Komposition von fünf Minuten konnte ein ganzes Jahr dauern. Das gelochte Papier läuft über die Walze. Die Hämmerchen schlagen die Seiten an. Die Tasten bewegen sich unter den Händen eines unsichtbaren Pianisten. Die Schallplatte drehte sich, und Michael Keller lauschte auf das Knistern der Erinnerung. War nicht auch er in gewisser Weise mit dem Stanzen von Löchern beschäftigt, ausdauernd und unerbittlich den Gang seiner Rache repetierend, und wenn es endlich so weit wäre, würde einfach die Walze ablaufen. Er saß im Dunkeln in der Küche und starrte durch das Fenster auf die Brandmauer des Nachbarhauses. Er verglich seine Situation mit derjenigen Sebastian Neuberts. Beide wussten, dass »lebenslänglich« nicht ein Leben lang bedeutet. Beide warteten. Beide warteten hinter Mauern und Stacheldraht.

Im Frühling nach dem großen Kollaps schlief Keller zum ersten Mal seit Vanessas Tod wieder mit einer Frau. Es ging ganz gut. Conny war in Potsdam aufgewachsen und vertrat die Theorie, bei innerdeutschen Vereinigungen kämen die Frauen aus dem Beitrittsgebiet und die Männer aus dem Übernahmestaat. Natürlich hatte sie Recht. Während der gemeinsamen Fahrradtouren auf dem asphaltierten Todesstreifen, auf dem ein halbes Jahr zuvor noch die Geländewagen der Grenztruppen patrouilliert hatten, hörte er auf, an Vanessa zu denken. Als er nach vier rosaroten Wochen begriff, dass sich nicht nur die Trostlosigkeit zurückzog, sondern auch die Erinnerung, brach er die Beziehung zu Conny erschrocken ab und zog sich wieder in sich selbst zurück.

Drei Monate später waren sie erneut zusammen, nach dem ersten Jahr mieteten sie eine gemeinsame Wohnung. Sie arbeitete als Erzieherin in einer Kindertagesstätte, er bot seine Finanzberatung nun auch neu gegründeten Firmen im Ostteil Berlins und in Brandenburg an. Die beiden gaben ein gutes Paar ab, jedenfalls schien es den gemeinsamen Freunden so, obwohl Conny insgeheim das Gefühl hatte, nie ganz zu ihm durchzudringen, irgendwann stets auf einen Widerstand zu stoßen, auf einen inneren Vorbehalt, den sie nur erspürte, erahnte, nicht in Worte fassen konnte und deshalb lange auf sich beruhen ließ. Wenn ihre Erkundigungen nach »früher« – das war alles, was vor der Öffnung der Mauer geschehen war – hinter seine Kreuzberger Jahre zurück gingen und sich westwärts tasteten nach Düsseldorf, wurde er auf freundliche Art erst ausweichend, dann schweigsam. Er verschloss sich wie eine Auster und erneuerte den Schwur. Dabei wollte Conny nur wissen, wie er früher gelebt hatte, als er noch ein vielversprechender junger Investmentbanker in Düsseldorf gewesen war, bevor er zum Aussteiger konvertierte und als Spätutopist nach Westberlin ins Exil ging. So drückte Conny es aus, wenn sie ihn ein wenig provozieren wollte mit dem, was sie für ihre realsozialistische Abgebrühtheit hielt. Er lachte darüber und nahm sie in den Arm. Er mochte diese Variante: der vom Kapitalismus enttäuschte Yuppie bekehrt sich, flieht auf der Suche nach dem Sinn des Lebens in die Westberliner Idylle, findet als Finanzberater alternativer Hinterhoffirmen, der die Kreditabteilungen von Volks- und Raiffeisenbanken mit seiner Kompetenz erschreckt, ein kleines Einkommen mit großer Daseinsberechtigung – dann bricht über Nacht das System auf der anderen Seite zusammen, und alles verändert sich. Jetzt flogen die richtigen Yuppies ein, die *Golden Boys* der Treuhand, und halfen beim großen Ausverkauf.

Keller wusste, was es heißt, wenn über Nacht das System zusammenbricht. Er hatte es, auf ganz andere Weise als Conny, nur wenige Jahre vor diesem bizarren November erlebt, den Schoß rot vom Blut, das Vanessa aus dem Mund gekeucht hatte, als sie starb, mit diesem flehenden Grauensblick von unten, den er niemals vergessen darf.

Er denkt gern an die Jahre mit Conny, hängt immer noch an ihr, beonkelt die Zwillinge, die sie von dem Mann nach ihm bekam und die gerade laufen lernen. Sie ist seine beste Freundin. Und seine einzige, wenn das Wissen um die Vergangenheit ein Kennzeichen von Freundschaft ist. Der Verrat, den er an ihr begangen hat, als er vor vier Wochen auf und davon ist ohne ein Wort des Abschieds, nagt an ihm. Aber es war nicht anders möglich gewesen. Er flog von Berlin nach Frankfurt, wo Sebastian Neubert seit seiner Entlassung vor drei Jahren lebt, mietete in einer Pension ein Zimmer und durchstreifte das Rotlichtviertel, um eine Waffe zu beschaffen. Zwischendurch holte er den Koffer aus dem Düsseldorfer Safe und löste das Bankfach auf. Er spulte die Minikassette in dem Diktiergerät ab, die er vor so langer Zeit besprochen hatte, hörte die Botschaft aus der Vergangenheit, hörte sie wieder und wieder.

Mit Conny hatte er einige Jahre in wilder Ehe gelebt, wie früher gesagt worden wäre, als derlei noch Aufsehen erregte, und wie auch sie scherzend zu sagen pflegte, wenn sie in immer größer werdenden Abständen auf ihre Heiratslust zurückkam, auf die Freude, die ihr eine kleine, nachholende Hochzeit machen würde, nur das doppelte »Ja!« vor dem Standesbeamten, das wechselseitige Anstecken der Ringe und der staatlich sanktionierte Kuss, zu dem die Trauzeugen des fortgeschrittenen Paars lachend Beifall klatschen.

Überlagert die zweite Heirat die erste und löscht sie aus? Mit Conny lebte er länger zusammen, als er Vanessa überhaupt gekannt hatte, aber stur verweigerte er die Ringe. Lange hütete er sein Geheimnis. Conny wusste nicht, dass er schon einmal verheiratet gewesen war. Er machte Ausflüchte, schob Prinzipien vor und schlug ihr beharrlich den Wunsch nach einer Trauung und den Wunsch nach Kindern ab. Manchmal hatte sie den Verdacht, er betrüge sie. Oder sie malte sich aus, dass es in Westdeutschland, in Düsseldorf oder wo auch immer, eben doch eine Familie gab, oder eine frühere Familie, eine Exfrau und Kinder, auch wenn er das immer bestritt. Und eines Tages stellte sie ihn, gab sich nicht länger mit Ausflüchten zufrieden. Es kam zu einem schrecklichen Streit, und er schrie ihr ins Gesicht, dass er nie ein Kind zeugen würde. Niemals! Niemals! Es schauderte sie vor dem Hass, der plötzlich vor ihr aufstand und von dem nicht klar war, gegen wen er sich richtete. Sie schrie zurück, sie schrie ihre Ratlosigkeit heraus, ihren Zorn darüber, nicht an ihn heranzukommen, in der Watte um ihn herum zu ersticken oder auf einmal, wie gerade eben, vor einer Wand aus Hass zu stehen. Du bist schon gegangen, schrie sie, schon zweimal, einmal ganz am Anfang, und seit wir miteinander leben, gehst du wieder, ganz langsam, schleichst dich immer weiter davon, je länger wir zusammen sind. Du bist ein Stein, ja, das bist du. Ich halte es nicht mehr aus.

Er fing an, von Vanessa zu erzählen, bekannte den Mord, als ob er es gewesen wäre, der ihn begangen hatte. Conny war entsetzt, und zugleich wurde ihr leichter ums Herz. Sie glaubte, dass es nun, da sie Bescheid wusste, einfacher werden würde. Es wurde schwieriger. Sie wusste nichts von seinem Racheschwur. Sie wusste nichts von den beiden Bändern, eines verscharrt am Rand von Vanessas Grab, das andere in ein Düsseldorfer Bankfach geschlossen, Zeitbomben mit seiner Stimme. Aber sie spürte, dass er nicht verzeihen konnte, sich nicht, dem Mörder nicht, der ganzen Welt nicht und vielleicht auf irgendeine abstruse Weise auch Vanessa nicht.

Conny hätte gern Fotos gesehen von dieser Frau, um sich vorstellen zu können, wie es für ihn mit ihr gewesen sein mochte. Er weigerte sich. Er bat darum, das Thema zu meiden: wie früher. Auf einmal war »früher« nicht mehr die Zeit vor dem Fall der Mauer, jetzt war »früher« die Zeit vor dem Streit, der zu seinem Geständnis geführt hatte, wie er seinen Bericht über den Mord nannte. Vanessa wurde zum unerlösten Geist ihrer Beziehung und spukte durch das gemeinsame Leben. Gelegentlich spürte Conny, wie Feindschaft in ihr hochstieg, direkt Mordlust gegen die fremde Vorgängerin. Das Gefühl demütigte und beschämte sie.

Dann brach Conny aus. Es erdrückt mich, sagte sie und setzte Michael die Pistole auf die Brust. Ihr fiel die Unbedachtheit des Ausdrucks erst hinterher auf, nachdem sie sich geeinigt hatten. Die Einigung bestand in der Trennung. Sie wollte Kinder, sie wollte Zukunft, ein Vanessa-Gedenkleben musste er alleine führen. Er versuchte ihr zu erklären, dass er einer Familie mit Kindern nicht gewachsen wäre. Kinder hätten die Vergeltung unmöglich gemacht, aber das konnte er Conny nicht sagen.

Keller starrt zur Windschutzscheibe hinaus, dreht verloren den Doppelring an seiner linken Hand, wendet den Oberkörper ein wenig nach rechts, weg von der Fahrerseite, und spürt unter dem sich straffenden Gurt die Waffe. Er trägt beide Eheringe, seinen und dazugeschoben den von Vanessa. »Nenn mich Kigalesi!« Die Indianer bemalen sich das Gesicht und geben sich einen anderen Namen, wenn sie auf Kriegspfad sind: Vanessa stand in einem hellbraunen Businesskostüm bei offenstehender Badezimmertür vor dem Spiegel, zauberte mit einem großen Pinsel einen Hauch Morgenröte auf ihre Wangen und mit einem Schwämmchen ein nahezu unsichtbares Himmelblau über die Lider. »Ich will diesen verdammten Job«, sagte sie zu dem Spiegelbild mit dem Schwämmchen in der Hand, als er neben sie trat, komisch das Kinn vorschob und seine Krawatte geraderückte. Er flüsterte dem Spiegelbild mit den eisgrauen Augen zu: »Ich liebe dich, Vanessa.« Das war am Tag ihres Vorstellungsgesprächs in der Wirtschaftskanzlei. »Nenn mich Kigalesi«, antwortete sie und hielt ihm für seinen Kuss die Wange hin, damit er den Lippenstift nicht verschmierte. Sie bekam den Job. Kigalesi. Eine große Karriere stand ihr bevor.

Neubert ist ein guter Chauffeur, gelassen und sicher. So einen wirft so schnell nichts aus der Bahn. Er hält stets angemessen Abstand, Geschwindigkeit geteilt durch zwei in Metern, auch wenn immer wieder Autos hinter ihm ausscheren, überholen und vor ihm in die Lücke stoßen. Bei Geschwindigkeitsbegrenzungen fährt er exakt drei Toleranz-km/h auf dem geeichten Tacho schneller als erlaubt, selbst wenn von hinten ein Lastzug aufschließt bis fast zur Stoßstange. Bei Überholverbot bleibt er eisern auf der rechten Spur, mag das Fahrzeug vor ihm noch so langsam dahinzuckeln. Keller entgeht diese ausdauernde Korrektheit nicht, wie artig, wie resozialisiert – jetzt springt der Hass doch wieder auf, durchpocht ihn wie der Pulsschlag beim Anblick seiner großen Liebe.

»Menschenskind, können Sie die Schnecke da vorn …«

»Nichts zu machen, Überholverbot.«

Neubert hebt kurz die Hände vom Lenkrad und lässt sie zurückfallen. Keller sieht den Ehering am Finger. Er weiß, dass Neubert vor einem halben Jahr geheiratet hat. Die Frau heißt Waltraud und bewirtschaftet eine Taxifahrerkneipe, eine resolute Brünette mit hennagefärbtem Haar, einige Jahre älter als ihr Mann und mit zwei halb erwachsenen Kindern aus erster Ehe, die schon vor Jahren geschieden worden ist. Keller weiß das alles. Es war nicht schwer gewesen, nicht einmal besonders teuer, sich über Neuberts Lebensumstände seit der Haftentlassung vor drei Jahren die nötigen Informationen besorgen zu lassen. Die Trennung zwischen ihm und Conny war bereits vollzogen, als Neubert aus dem Gefängnis kam. Dennoch konnte er sich nicht entschließen, sofort zu handeln. Er zögerte aus Neugier. Wie würde der Mörder sein neues Leben beginnen? Er heuerte einen Privatdetektiv an und ließ Neubert eine Zeit lang beschatten. Vor allem wollte er in Erfahrung bringen, ob das Verzögern der Vergeltung mit dem Risiko verbunden war, dass Neubert erneut straffällig wurde, womöglich zurück ins Gefängnis musste, wieder der Rache entzogen. Die Berichte des Detektivs beruhigten ihn, und er wartete ab, zweieinhalb weitere Jahre. Erst als er von der Heirat erfuhr, beschloss er zu handeln. Seitdem kehrt sein verschwundener Hass in kurzen Anfällen mit atemberaubender Heftigkeit zurück. Jetzt, mein Feind, ist es so weit, endlich, du beginnst ein neues Leben: eine schlimme Zeit zum Sterben, herrlich für meine Rache. Als du damals im Gerichtssaal standest, mager und dumm, unfähig, wirklich zu begreifen, was du angerichtet hast, »ich wusste nicht, dass die Frau stirbt«, sagtest du, und auch im Gerichtssaal wusstest du immer noch nicht, dass sie gestorben war, wirklich gestorben war, wusstest gar nicht, was es heißt, zu sterben, ins Nichts zu stürzen ein für alle Mal, hättest es nicht einmal gewusst, wenn ich dir damals schon die Mündung an die Stirn gedrückt hätte. Aber jetzt, jetzt weißt du es, du hast gelebt und du hast nachgedacht, drei Jahre lang, zehn, zwölf Jahre lang, oder sogar die fünfzehn bis zur Haftprüfung, vielleicht auch die ganze Zeit im Gefängnis, vom ersten bis zum letzten Tag, vielleicht denkst du immer noch darüber nach, besonders seit es dir gelungen ist, diese Frau zu gewinnen, der nicht klar ist, mit wem sie es zu tun hat, und mit der du ein neues Leben begonnen hast, dein drittes Leben nach deiner verkorksten Jugend und den Haftjahren, dein wahres, eigentliches Leben, wie du glaubst, denn du ahnst nicht, dass du es nicht leben wirst, aber was Sterben ist, hast du inzwischen begriffen, und das wird dir aus den Augen schreien, noch ehe der Minutenzeiger der Uhr am Frankfurter Hauptbahnhof wieder über die Zwölf rückt.

Sie sind seit fünfzig Minuten unterwegs, Keller kommt es vor wie eine Ewigkeit. Das in den Rückspiegel integrierte Fahrpreisdisplay steht auf Null. In der Mitte der Armaturenkonsole schimmert die Digitalanzeige einer Uhr, 12:51, der Doppelpunkt zwischen den Stunden und Minuten blinkt, blinkt ungerührt die Sekunden. Keller starrt auf die Anzeige und zählt mit, draußen zeigt ein Schild den nächsten Rastplatz an, noch 1000 Meter bis zur Ausfahrt, noch ein paar Sekunden und er wird dem Fahrer sagen, dass er abfahren soll, dann wird alles ganz schnell gehen, vielleicht starrt er hinterher weiter auf den Doppelpunkt, der blinkt und blinkt und nicht aufhört zu blinken, während draußen schreiende Leute herumrennen, noch 500 Meter bis zur Ausfahrt, und er auf die Polizeisirenen wartet, die Hand mit der Pistole im Schoß, am Rand der Autobahn flitzt ein blaues, hochkant gestelltes Rechteck mit drei weißen Schrägstreifen vorbei, noch 300 Meter, er wartet ein paar blinkende Doppelpunkte ab, sieht vorne schon die Ausbuchtung, den eleganten Schwung der Abfahrtsmarkierung und müsste dem Fahrer Bescheid sagen, das Schild mit zwei Streifen zischt vorbei, der Mann am

Steuer fährt konzentriert und gelassen, mit unverminderter Geschwindigkeit, schaut unentwegt zur Windschutzscheibe hinaus, Keller sieht ihm von der Seite ins Gesicht, räuspert sich, da dreht der Mann kurz den Kopf, und für einen Moment sehen sie sich in die Augen, das Schild mit einem Streifen huscht am Rand von Kellers Sehfeld entlang, der sich abwendet und stöhnt und die Hände verkrampft. Der Fahrer dreht wieder den Kopf: »Ist Ihnen nicht gut? Sie sind ja ganz bleich.«

Keller sagt nichts, er hat keine Luft, er muss atmen, er muss aufpassen, dass er nicht zwischen seine Füße erbricht.

»Bin ich zu schnell?«

Keller konzentriert sich auf das Atmen.

»Gleich kommt eine Raststätte, da fahren wir raus. Ich muss sowieso tanken. Sie können unterdessen frische Luft schnappen.«

Keller legt beide Hände ans Gesicht. Er weiß nicht, ob die Handflächen kälter sind oder die Wangen. Der Fahrer ist nett, denkt irgendein Fremder in ihm, der vergessen hat, dass der nette Fahrer Vanessa ermordet hat. Er nimmt die Hände von den Wangen, fixiert den blinkenden Doppelpunkt, hält sich an den Sekunden fest und zählt mit, einundzwanzig, einundzwanzig, langsam atmen, einundzwanzig, einundzwanzig, entspannen. Auf einem großen Schild am Autobahnrand wird die Raststätte angezeigt. Sein Puls beruhigt sich allmählich. Der Fahrer sieht ihm ab und zu besorgt ins Gesicht. Vielleicht ist Keller gar nicht fähig abzudrücken. Vielleicht unterscheidet ihn das von Neubert, der keinen verdammten blinkenden Doppelpunkt lang gezögert hatte, einen sauber gezielten Schuss auf Vanessa abzugeben, durch die knirschenden Flamingosplitter zu ihr hinzutreten, sich hinabzubeugen und ihr die Ohrclips abzuziehen. Keller ist wütend über seine Schwäche. Er hat sich eingeschworen auf die Rache und seine Seele jahrelang auf Vergeltung trainiert. An die körperliche Seite dachte er gar nicht. Dass ihm die Luft wegbleiben könnte wie damals Vanessa mit ihrer zerschossenen Lunge. Dass sein Herz rasen würde, als wolle es sich frei klopfen aus der Mörderbrust. Dass sein Magen sich zusammenziehen würde vor Abscheu über die geplante Tat. Er spürt, wie alles, was unwillentlich ist in ihm, sich empört gegen den Willen zur Rache und die Kannibalisierung der Zukunft durch die Vergangenheit. Das Blut schießt ihm in den Kopf, so plötzlich, dass er einen Moment lang glaubt, taub zu sein, eine geräuschlose Bahn entlanggeschossen zu werden in diesem Auto, als wäre er selbst eine Kugel, schneller als der Schall. Er könnte allem ein Ende machen. Sofort. Ein rascher Griff unter den Gurt, schießen, schießen! Die Digitalanzeige springt um. 13:00. Er starrt die Zahl an. Wie Brandung kehrt die Welt zurück, und dann hört er durch das Tosen in seinen Ohren das unerschütterliche Klack-Klack-Klack des Blinkers und sieht, wie die Streifen draußen ihre Sprünge verzögern und dabei länger und länger zu werden scheinen, sich zeitlupenartig strecken, bis sie schließlich ganz aus seinem Blickfeld gleiten, nachdem Neubert die Spur gewechselt hat und den Wagen durch eine Kurve zu den Zapfsäulen steuert.

Keller will ihm sagen, dass er erst rüber zum Parkplatz fahren soll, ist aber zu langsam. Neubert hält den Wagen an und dreht den Zündschlüssel um. Der Motor schlägt nach. Seltsam, dass Keller so etwas auffällt, jetzt, so kurz vorm Ziel. Er greift in die Innentasche der Jacke. Neubert hat schon die Tür aufgemacht und steigt aus, sich dabei dem gelösten Gurt entwindend in erprobter Kutschermanier. Keller lehnt sich zurück und streckt die Beine aus. Als er hört, wie der Zapfstutzen in die Tanköffnung geschoben wird, steigt auch er aus. Er gibt Neubert vage ein Zeichen und geht rüber zum Restaurant. Man müsste einfach weitergehen, immer weiter, immer geradeaus, immer in derselben Geschwindigkeit, egal ob der Weg quer über die Autobahn führt, über eine Wiese, durch Wälder und Städte, durch Bäume und Häuser hindurch, und so müsste man einmal um die ganze Welt laufen und dann, wenn man wieder beim Ausgangspunkt ankommt, von allem verlassen, von allem gereinigt – ja, was wäre dann? Nichts. Es würde sich nicht das Geringste ändern dadurch. Der Schuss wird alles ändern, die kleine Metallkugel, die im Sekundenbruchteil durch die sechsundvierzig Jahre hinter Neuberts Stirn schießen und sie zerstören wird.

Ein LKW-Fahrer macht vor der offenstehenden Tür

seines Lastwagens gymnastische Übungen. Keller wischt sich mit der Linken übers Gesicht und spürt die Kühle der beiden Ringe an seinen immer noch heißen Wangen. Er wendet sich ab, zögert einen Moment und betritt dann durch ein Lichtschrankenportal die Vorhalle zur Raststätte. Er blickt suchend um sich, und als er ein Schild mit schwarzem Männchen gefunden hat, folgt er dem Pfeil. Er stößt die Tür auf, nickt der alten Frau zu, die mit blanken Armen an einem Resopaltisch sitzt, vor sich eine Schale mit Münzen. Von den vier Pissoirs sind nur die beiden mittleren frei. Es gibt keine Trennwände, aber das stört ihn nicht weiter. Er starrt vor sich an die Wand und zieht den Reißverschluss am Eingriff nach unten. Den Mann links neben sich nimmt er nur schemenhaft wahr. An der Wand steht »Killroy was here«, mit einem l zu viel, »Fuck'n'roll« und eine Telefonnummer. Keller beginnt zu pinkeln. Ein weiterer Mann tritt an das Becken rechts von ihm und brummt verlegen. Wieder bleibt Keller für einen Moment die Luft weg, und der Strahl hört auf, wie abgeschnitten. Neubert fragt durch sein Plätschern: »Geht's Ihnen besser?« Keller antwortet nicht. Er wartet, bis der Strahl wiederkommt. Sie stehen mit gesenkten Köpfen nebeneinander und schlagen ihr Wasser ab. Als sie gemeinsam an die Waschbecken treten, sagt Neubert: »Zeit für einen schnellen Kaffee?« Keller nickt. Er drückt mit dem Ellbogen den Startknopf für das Handgebläse. Es gibt nur einen Automaten und keine Papiertücher. Neubert schüttelt das Wasser von den Händen und wischt sie an der Hose trocken. »Ich besorge schon mal den Kaffee, ist im Fahrpreis inbegriffen.« Er öffnet die Tür und fügt beim Rausgehen hinzu: »Über den können wir auch gleich reden.« Keller reibt die Hände im Luftstrom. Als der Automat abschaltet, drückt Keller noch einmal den roten Knopf.

Neubert erwartet ihn an einem Stehtisch. Die Kaffeebecher sind aus beschichteter Pappe, Keller verbrennt sich die Fingerkuppen, als er die Becherwand anfasst, statt den Zeigefinger durch den Lochgriff aus Pappe zu stecken wie bei einer Pistole. »Heiß!« sagt Neubert. Er rührt Milch in den Kaffee und legt das Plastikstäbchen mit der feuchten Seite sorgfältig auf das Milchdöschen, damit kein Fleck auf den Tisch kommt. Keller kann es nicht mit ansehen. Am liebsten würde er ihm den heißen Kaffee ins Gesicht schütten. Neubert sagt: »Also, nach dem korrekten Kilometerpreis für die Tour wären wir bei rund dreihundert Euro.«

Keller hat den Becher jetzt am Henkel und bläst auf die schwarze Oberfläche. Neubert macht sein Angebot: »250, einverstanden?«

Keller nimmt einen Schluck und stellt den Becher wieder ab. Er greift mit der Linken in die rechte Jackentasche und holt die Brieftasche heraus. Er blättert mit dem Finger durch die Scheine, ein paar Zehner und Zwanziger, vier Fünfzigeuroscheine und zwei Zweihunderter. Einem plötzlichen Impuls folgend zahlt er nicht passend, sondern legt die zwei großen Scheine auf den Tisch. »Vierhundert Euro. Genau achthundert Mark!« Neubert zuckt nicht zusammen, wie Keller erwartet hat. Er holt die schwarze Geldkatze hervor, die in seinem Hosenbund steckt, mit einer Kette gesichert, zählt drei Fünfziger ab, nimmt die beiden Scheine, faltet sie und schiebt sie in die Hemdtasche.

»Zur Sicherheit«, fragt Keller, »falls Sie überfallen werden und die Kasse rausrücken müssen?«

»Das machen viele Kutscher so, reine Angewohnheit. Große Scheine nie in die Kasse.«

»Gut zu wissen.«

Neubert lacht. »Ich glaube nicht, dass Sie es nötig haben, einem Taxerer sein Geld wegzunehmen. Andererseits kann man nie wissen. Es gibt Fahrer, die keine Touren außerhalb der Funkreichweite mehr machen, seit ein Kollege bei einer Fernfahrt niedergestochen und ausgeraubt wurde. Er hat es nicht überlebt. An manchen Wagen flattert immer noch Trauerflor, obwohl es über ein Jahr her ist.«

»Aber nicht an Ihrem Wagen.«

»Nein, an meinem nicht«, sagt Neubert und zieht die Brauen hoch, »ich gehörte damals noch nicht dazu.«

»Furchtbar, so etwas, so ein – Raubmord. Haben sie ihn geschnappt?«

»Bis jetzt nicht. Aber vielleicht kriegen sie ihn noch, hoffentlich!«

»Und dann?«

»Dann wird er vor Gericht gestellt.«

»Genau, er sitzt ein paar Jahre ab und kommt wieder raus. Aber das Opfer ist tot und bleibt tot.«

Sie sehen sich an über den Stehtisch hinweg. Keller ist jetzt ganz ruhig. Er blickt dem Mann auf der anderen Seite des Tisches in die Augen. Sie sind grün. Das konnte er damals im Gerichtssaal nicht erkennen. Auch Keller hat grüne Augen. »Grüne Augen Froschnatur, von der Liebe keine Spur.« So hatte ihn seine erste feste Freundin geneckt, er war neunzehn, sie siebzehn. Er hatte keine Ahnung von der Liebe. Das Mädchen auch nicht. Aber er und Hilde, die liebreizende Hilde, verbrachten ein paar schöne Monate miteinander und blieben auch später in Verbindung, als sie nach Poona reiste, bekehrt zurückkam und orangefarben lebte mit dem Bildnis des bärtigen Meisters auf der Brust, glücklich befreit von sich und der Welt, wie sie einmal sagte, als er sie zu einem Business Lunch eingeladen hatte und sie ihm nach dem Essen die Krawatte zurechtrückte wie eine altmodische Ehefrau. Als er nach Vanessas Tod seine Freundschaften lockerte und schließlich abbrach mit dem Umzug nach Westberlin, ließ er auch Hilde in seinem alten Leben zurück.

Er blickt in die grünen Augen von Vanessas Mörder und denkt dabei an Hilde. Neubert ist ein wenig blass geworden. Er wendet den Blick ab und sagt: »Die meisten Taxikollegen sind für die Todesstrafe.«

»Sie nicht?«

Neubert nimmt einen Schluck und stellt den Becher dann mit einer abschließenden Geste auf die Tischplatte: »Fahren wir? Ich wäre gern bei Schichtschluss wieder in Frankfurt.«

Sie gehen nebeneinander zum Ausgang. Die Glastür weicht vor ihnen zurück. Am Wagen öffnet Neubert die Beifahrertür, und Keller steigt ein.

Wir könnten bis Düsseldorf fahren. Sobald wir in der Stadt sind, sage ich ihm, dass ich meine Pläne geändert habe und er in die Steinstraße fahren soll. Ob er sich an die Adresse erinnert? Natürlich wird er sich erinnern, auch wenn er versuchen wird, sich nichts anmerken zu lassen. Die Steinstraße geht vom Platz der deutschen Einheit ab. Der Platz hieß auch damals schon so, vor der Vereinigung, mit der niemand gerechnet hatte. Neubert war im Dunkeln an einem Gerüst vor dem Nachbarhaus nach oben gestiegen und über das Geländer der Dachterrasse geklettert. Es war ihm gelungen, die schlecht gesicherte Terrassentür zu öffnen. Ich werde als Adresse nicht die Steinstraße nennen, ich werde ihm sagen, dass wir einen Abstecher zum Bahnhof machen müssen. Von dort zur Steinstraße ist es nicht weit. Wenn wir am Bahnhof sind, bitte ich ihn, noch rasch in die Steinstraße zu fahren. Er wird alarmiert sein und sich fragen: Ein Zufall, was ist im Gange, wer sitzt neben mir? Wir umrunden den Platz und biegen in die Steinstraße. Vor dem richtigen Haus lasse ich anhalten und sage ihm, dass wir am Ziel sind und er den Motor abstellen kann; wir sind dann wirklich am Ziel. Ich lief hinter der Bahre her, auf der sie herausgetragen wurde, den ganzen Körper mit einem Tuch bedeckt, auch das Gesicht, und glaubte, sie bringen sie ins Krankenhaus, retten sie, holen sie ins Leben zurück, obwohl sie doch das Totentuch über sie gebreitet hatten. Erst als sie die Bahre nicht in das Notfallauto schoben, das am Straßenrand stand, sondern in den Leichenwagen dahinter, den ich gar nicht bemerkt hatte, begriff ich, dass dieser Blick von ihr, dieser furchtbare Blick, ihr letzter gewesen war.

»Hätten Sie was dagegen, wenn ich Musik anmache?« fragt Neubert, ohne den Kopf zu drehen. Er fährt jetzt sehr schnell, nutzt den Autobahnabschnitt ohne Geschwindigkeitsbeschränkung, um kräftig Gas zu geben. Er will Zeit gewinnen, denkt Keller, dabei verliert er welche, auch wenn er nichts davon ahnt. Vanessa hat auch nichts davon geahnt. Wäre sie eine Viertelstunde später in die Wohnung gekommen, würde sie noch leben. Sie hätte nur ein paar Minuten verlieren müssen, um Jahre zu gewinnen, nur etwas weniger Glück beim Parkplatzsuchen, eine Runde um den Block, und Vanessa hätte den Mann, der ihn jetzt nach Düsseldorf bringt, nicht mehr angetroffen. Oder er selbst wäre vor ihr in der Wohnung gewesen, sie waren ja dort verabredet, wäre an ihrer Stelle auf den Mörder getroffen, hätte die Kugel empfangen und den gläsernen Flamingo umgerissen, wäre in ihren Armen gestorben.

»Sie reden wohl nicht gern.«

»Wie? Ach so, ich war in Gedanken.«

»Ist es okay, wenn ich Musik anmache?«

»Nichts dagegen.«

»Die von vorhin? Ist eine gute Mischung. Mein Sohn hat die CD gebrannt, mein Stiefsohn, um genau zu sein. Der ultimative Taximix. Das hat er mit Filzer auf die Hülle geschrieben. Sie sagen Bescheid, wenn es Ihnen zu viel wird.«

Neubert lächelt und tippt mit einer raschen und beeindruckend präzisen Bewegung die Starttaste des CD-Spielers an, ohne den Blick von der Fahrbahn zu wenden. *When marimba rhythm starts to play, dance with me, make me sway, like the lazy ocean hugs the shore hold me close, sway me more.* Eine hohe Mädchenstimme zieht die Strophe über wummernde Bässe, immer nur die gleiche Strophe, und bei *sway* quietscht die Stimme zuckersüß. Der Wagen ist nun auf annähernd zweihundert. Keller müsste sich ein wenig nach links lehnen, um den Tacho ablesen zu können. Aber er will nicht, dass Neubert eine solche Bewegung womöglich als Aufforderung versteht, vom Gas zu gehen. Soll er nur fahren.

Keller weiß über Neubert nahezu alles, was es über einen Menschen zu wissen gibt, jedenfalls das betreffend, was von außen zu sehen ist. Er kennt seine Frau, hat sogar schon mit ihr gesprochen, kennt die beiden Kinder, Nicole, achtzehn, und Flori, sechzehn Jahre alt, der seinem

Stiefvater die CD gebrannt hat, die nun aus dem Wagen eine Schallkapsel macht, die scharf an zuckenden Streifen entlang auf Düsseldorf zuschießt. Neubert sitzt normalerweise fast zehn Stunden täglich im Taxi, Montag bis Freitag, von acht Uhr morgens bis sechs Uhr abends. Eine halbe Stunde Pause zwischen elf und zwölf, zwei weitere Pausen nach Auftragslage irgendwann im Lauf des Nachmittags. Wenn es sich einrichten lässt, verbringt er die Mittagspause, die sich auch schon mal zu einer Stunde ausdehnen kann, im *Blauen Mond* hinter dem Frankfurter Hauptbahnhof. Keller hatte das Lokal erst für eine heruntergekommene Rotlichtbar gehalten, bis er abends einmal zu einem Bier hineinging. Auf dem Bildschirm über dem Tresen lief kein Porno, sondern die Übertragung eines Fußballspiels. Mehrere Gäste hatten Geldkatzen und Autoschlüssel neben der Kaffeetasse liegen. Ein Mann mit einer am Schild speckig gegriffenen Ledermütze beugte sich tief über seinen Teller. Keller begriff, dass der *Blaue Mond* eine Stammkneipe von Taxifahrern war. Auch die »Mädchen« dort waren Fahrerinnen, ziemlich handfeste Damen, viele von ihnen schon älter, burschikos und kampferprobt, und das bestimmt nicht nur in den Straßen des Bahnhofsviertels, sondern auch zu Hause. Er suchte sich einen Tisch in der Ecke. Die Wirtin beäugte ihn misstrauisch, wenn sie mit der Kaffeekanne in der Hand die Runde machte. Unbekannte schienen sich selten hierher zu verlaufen. Aber er bekam sein Bier, und dann noch eines, und dann noch eines mit einem Korn. Das also war Waltraud. Dein Mann hat vor zwanzig Jahren meine Frau erschossen, und ich bin gekommen, nun deinen Mann zu erschießen. Nach dem Gedeck hörte er auf zu trinken. Sie grüßte kaum, als er zahlte und ging, machte keinen Hehl daraus, wie recht es ihr war, dass dieser Fremde endlich verschwand, der über sein Bier immer wieder zu ihr herübergestarrt hatte. In diesem Lokal pflegt Neubert zu Mittag zu essen, wenn es sich irgend einrichten lässt, und es lässt sich fast immer einrichten, wenn ihn nicht gerade eine Tour ans andere Ende der Stadt führt. Nach dem Essen fährt er den Halteplatz am Bahnhof an. So ist es auch heute gewesen. Keller musste nichts anderes tun, als darauf zu warten, bis Neuberts Taxi in die erste Position vorrückte. *When marimba rhythm starts to play.*

Keller spürt plötzlich, wie der Wagen langsamer wird. Als sich die Spur verengt, gelb markiert vor einer Baustelle – Keller stellt fest, dass ihm die Warnschilder entgangen sind –, ist der Wagen runter auf 80, und Neubert setzt den Fuß wieder ans Gas, den er weggenommen und dabei das Bein angewinkelt hatte, so weit, dass das Knie seltsam emporstand zwischen Lenkrad und Schaltkonsole. Er schaltet die Musik ab, die jetzt, nachdem das untergründige Dröhnen bei zweihundert Stundenkilometern nicht mehr da ist, irgendwie blechern klingt, und sagt: »Ziemlich viel Verkehr auf einmal. Hoffentlich fahren wir nicht in einen Stau.«

Keller antwortet nicht. Er sieht einfach weiter zur Windschutzscheibe hinaus auf die jetzt durchgezogene gelbe Linie.

»Darf ich Sie mal was fragen?«

Keller brummt undefinierbar, er will in Ruhe gelassen werden, aber trotzdem nicht unhöflich sein. Er wird dem Mann neben ihm in den Kopf schießen, aber vor den Kopf stoßen will er ihn nicht. Als ihm das bewusst wird, sagt er mit einem halben Lachen: »Nur zu!«

»Es geht mich nichts an, aber vorhin, beim Kaffeetrinken, habe ich gesehen, dass Sie zwei Eheringe tragen. Sie sind – Witwer?«

»Ja!«

»Ich will nicht indiskret sein, aber Sie sind noch jung, sozusagen, in meinem Alter, denke ich, oder nur wenig älter, ein, zwei Jahre vielleicht?«

»Vier Jahre.«

Neubert lacht irritiert: »Woher wissen Sie das so genau?«

Ich muss aufpassen, denkt Keller, ich bin nicht konzentriert genug, ich sollte nicht reden, das Reden verwischt alles, macht alles unklar, was klar ist und beschlossen und bis zu Ende durchdacht.

»Weil ich ganz gut bin im Schätzen, und für den Fall, dass Sie sechsundvierzig sind, wie ich vermute, liegen zwischen Ihnen und mir vier Jahre. Nicht besonders viel in unserem Alter.«

»Stimmt schon, aber vier Jahre können lang sein.«

»Sehr lang, sehr kurz, je nachdem.«

»Und Ihre Frau?«

»Ist tot«, unterbricht Keller ihn barsch.

»Entschuldigen Sie, ich hätte Sie nicht darauf ansprechen sollen, geht mich ja wirklich nichts an.«

»Wie lange brauchen wir noch?«

»Schwer zu sagen. Vielleicht haben wir Glück und kommen glatt durch.«

Der Verkehr wird dichter, und die Abstände zwischen den Autos verringern sich sofort, als folge diese Veränderung einem Naturgesetz. Nur Neubert hält sorgfältig den vorgeschriebenen Abstand ein. Weit vorne sehen sie, wie die verengte Fahrbahn wieder breiter wird, und als die gelbe Markierung endlich in weiße Streifen übergeht, lockert sich der Verkehr. Neubert gibt Gas, pendelt ein zwischen 150 und 160, treibt den Wagen nicht zur Höchstgeschwindigkeit.

Es fällt kein Wort mehr zwischen den beiden. Am Kreuz Leverkusen fahren sie ein Stück Richtung Westen und dann über die A59 nach Düsseldorf. Keller liest den Titel des Taschenbuches, das auf der Konsole zwischen den beiden Sitzen liegt und das ihm jetzt erst aufgefallen ist: *Die Speed Queen* von Stewart O'Nan. Er hat noch nie von Stewart O'Nan gehört und kehrt in Gedanken zu Waltraud Neubert zurück. Wie argwöhnisch sie war im *Blauen Mond* an jenem Abend. Zwischen den Serviergängen, wenn sie Frikadellen oder Würstchen mit Kartoffelsalat an die Tische brachte, schaute sie immer wieder zu ihm herüber. Oder er schaute zu ihr hinüber, während sie hinter dem Tresen Gläser über die Bürsten stieß, und überlegte, ob er zu ihr gehen und reinen Tisch machen sollte. Reinen Tisch mit der Wirtin einer Taxifahrerkneipe, zwischen nach Bedienung rufenden Gästen? Natürlich war das keine ernsthafte Möglichkeit gewesen. Aber das ließe sich auch anders einfädeln. Jetzt, während dieser seltsamen Fahrt, wird ihm klar, dass es vielleicht gar nicht genügt, nur einmal den Finger krumm zu machen, den Pistolenlauf an Neuberts Stirn gedrückt. Es geht um mehr als eine rasche, kaltblütige Henkerstat, wie er vor zwei Stunden noch glaubte, als er in diesen Wagen gestiegen war. Die Vergeltung muss kunstfertig sein, er will sie auskosten, sein Feind soll sie wissend erleiden, soll zappeln, soll sich wehren. Eine allmähliche Zerstörung der Lebenshoffnung des Mörders, und nur als Schlusspunkt der Schuss, wenn der Kampf schon verloren ist. Den eigenen Kampf hatte Keller an jenem Tag verloren, als er an Vanessas Grab beschloss, in die Untröstlichkeit zu fliehen und alle Brücken hinter sich abzubrechen. Sein Leben war implodiert wie die Lunge Vanessas nach dem Schuss. Aber der Mann, der sie getötet hatte, bekam im Gefängnis die Chance, zu begreifen, was Leben heißt. Sinn erfahren, auf das Kommende hoffen. Ihm tat sich hinter Schloss und Riegel zum ersten Mal das Tor zur Zukunft auf. Nun hat er sie zu leben begonnen, mit einem Job als Taxifahrer, mit einer netten Frau und deren Kindern. Diese Zukunft muss zerstört werden: ich könnte damit beginnen, Waltraud Neubert Kopien der Prozessberichte zuzuschicken, die auf der Rückbank in der Aktentasche liegen. Dann ein Brief, in dem ich ihr nahelege, sich das polizeiliche Führungszeugnis zeigen zu lassen, das ihr Mann gebraucht hat für seine Zulassung, oder das medizinisch-psychologische Gutachten, das ihm die Resozialisierung bestätigt haben muss und die Fähigkeit, Verantwortung zu tragen. Der Taxiunternehmer, bei dem er angestellt ist, weiß sicher Bescheid. Beachtlich, wirklich beachtlich, dass jemand den Mut aufbringt, einem aus dem Gefängnis entlassenen Straftäter eine Chance zu geben. Aber nicht die Frau des Taxiunternehmers ist damals erschossen worden. Hätte der Firmenchef sich von Neuberts Bewährungshelferin überzeugen lassen, zur Wiedereingliederung ihres Probanden in die Gesellschaft beizutragen, so ähnlich heißt es doch im Amtsdeutsch, wenn nicht Vanessa das Opfer gewesen wäre, sondern dessen eigene Frau? Auch ihm werde ich die Zeitungsausschnitte schicken und genau diese Frage stellen. Und in den *Blauen Mond* werde ich hin und wieder gehen, trotz des Unbehagens der Wirtin, und Gerüchte ausstreuen, Körnchen für Körnchen die Wahrheit, nichts als die reine Wahrheit wie ein Zeuge unter Eid. Die Kolleginnen und Kollegen von Sebastian Neubert sollen seine Richter werden. Hat er nicht gesagt, dass die meisten von ihnen für die Todesstrafe sind? Wie wird seine Frau reagieren? Wird sie sich erkundigen hinter seinem Rücken und ihn bedrängen, so wie Conny mich bedrängt hat, mit der Wahrheit herauszurücken, Stellung zu nehmen zu den Zeitungsausschnitten und zu dem, was unter den Kutschern gemunkelt wird? Wird sie die Konfrontation suchen? Mit der Annullierung der Ehe drohen, die unter Vorspiegelung falscher Tatsachen geschlossen wurde? Sie muss ihre Kinder vor ihm schützen!

Aber was ist, wenn Waltraud Bescheid weiß? Sie weiß Bescheid, um Gottes willen, diese Möglichkeit ist so ungeheuerlich, dass sie für Keller bisher gar nicht in Betracht gekommen war. Sie hat diesen Mann geheiratet, obwohl sie weiß, dass er ein Menschenleben auf dem Gewissen hat, sie vertraut ihm, sie liebt ihn, streichelt ihn, küsst ihn, lässt sich von ihm streicheln und küssen, lächelt vor Glück, liegt in seinen Armen, schaut ihm in die Augen, ohne zu erschrecken. Keller wird keinen Keil zwischen sie treiben können, sie sind ein verschworenes Paar, wie er und Vanessa ein verschworenes Paar gewesen waren und immer noch sind, die Ringe an seiner Hand beweisen es.

Das alles sind Finten, sagt er sich plötzlich, gegen die eigenen Gedanken aufbegehrend, ich grüble, um auszuweichen, um nicht töten zu müssen, die einfache, kleine, körperliche Angst zu töten, mein Herz hat Angst, meine Hand, mein Magen, sogar meine Lunge, wie vorhin, als ich das Versprechen brach, das alles bis ein Uhr Mittag hinter mich zu bringen, und wir an der Ausfahrt zum Rastplatz vorbeirauschten.

»Ich habe meine Pläne geändert. Bitte bringen Sie mich zum Bahnhof.«

»Machen wir, kein Problem.«

Es geht alles reibungslos. Neubert steuert den Bahnhof an, zielstrebig, umsichtig, als wäre er in Düsseldorf genauso zu Hause wie in Frankfurt am Main. Als das Gebäude in Sicht kommt, greift Keller mit der rechten Hand plötzlich nach innen – aber er zieht sie wieder heraus, erneut bleich geworden bis in die Lippen. Vor dem Bahnhof hält Neubert den Wagen an:

»Recht so? Ich nehme an, Sie brauchen eine Quittung.«

Ohne eine Antwort abzuwarten, holt er den Block heraus, trägt bei weiterlaufendem Motor den Fahrpreis ein, unterschreibt, reißt den Zettel ab: »Danke für den Auftrag.«

Keller nimmt die Quittung, faltet sie und schiebt sie in die Seitentasche zu den Ohrclips. Neubert hält ihm plötzlich die Hand hin. Keller ergreift sie überrascht, und Neubert sagt: »Alles Gute. Tut mir Leid, das mit Ihrer Frau, und nichts für ungut.«

Keller öffnet die Tür und steigt aus.

Das Taxi ist schon hundert Meter entfernt, als er auf die Straße stürzt und wild mit den Armen wedelt. Die Tasche! Er hat die Tasche auf dem Rücksitz liegen lassen. Der Wagen biegt ab und verschwindet. Keller hat sein Vorhaben nicht aufgegeben, er darf den Schwur nicht brechen. Wenn Neubert die Tasche öffnet und die Prozessberichte findet, die Fotos von Vanessa und das Band mit dem Racheversprechen, wird alles sehr viel schwieriger, dann ist er gewarnt, und es beginnt eine Jagd. Keller zieht die Quittung heraus und tastet nach dem Handy in der rechten Seitentasche. Er wählt die Zentrale in Frankfurt und erklärt dem Dispatcher, dass er seine Aktentasche in einem Taxi vergessen hat. Wie die Wagennummer sei, wird er gefragt, nicht die Autonummer, die Laufnummer des Wagens, sie sei in die Quittung gestanzt. Er gibt die Nummer durch. Er wird gebeten, dranzubleiben. Nach einer Weile sagt eine andere Stimme ungeduldig: »Das Taxi ist nicht auf Funk.«

»Ich habe mich nach Düsseldorf bringen lassen, natürlich ist es nicht auf Funk.«

»Und woher soll ich das wissen«, schnauzt die Stimme.

»Ist schon gut. Was kann man jetzt machen?«

»Wir versuchen gerade, den Fahrer über Handy zu erreichen. Dann könnte er umkehren und Ihnen die Tasche bringen. Die Fahrt müssten Sie allerdings bezahlen. Moment – mir wird gerade gesagt, dass nur die Telebox anspringt, nichts zu machen.«

»Geben Sie mir doch bitte die Nummer.«

»Das geht nicht. Die ist privat. Am besten, Sie melden sich morgen wieder.«

»Aber die Tasche ist wichtig!«

»Habe vielleicht ich sie liegen lassen?«

»Kann ich sicher sein, dass sie nicht verloren geht?«

»Bei uns geht nichts verloren! Wenn Sie die Tasche im Taxi vergessen haben, wird sie auch im Taxi gefunden. Und wenn sie im Taxi nicht gefunden wird, ist sie auch nicht im Taxi vergessen worden. Ganz einfach. Aber Sie können beruhigt sein: Auf dem Wagen sitzt der Professor, das ist ein Tausendprozentiger, der krümmt Ihrer Tasche kein Haar.«

Der Mann lacht, Keller verliert beinahe die Beherrschung.

»Was für ein Professor?«

»Nur ein Spitzname. Wie wollen Sie das machen mit der Tasche?«

»Ich bin morgen wieder in Frankfurt und komme vorbei.«

»Aber nicht in der Funkzentrale! Was glauben Sie, was hier los ist. Wir sind kein Fundbüro. Rufen Sie das Taxigeschäft an. Adresse steht auf der Quittung. Wiederhören.«

Keller schüttelt den Kopf, drückt die rote Taste, dann die grüne, gibt die Nummer ein, vertippt sich, gibt erneut die Nummer ein. Die Frauenstimme am anderen Ende ist freundlich. Sie vereinbaren, dass er morgen im Büro vorbeischaut und die Tasche holt – falls sie wirklich im Wagen liegen geblieben ist und der Fahrer sie abgegeben hat, fügt die Frau vorsichtshalber hinzu. Nach der Beendigung des Gesprächs sucht er auf den gelben Abfahrtstafeln den nächsten ICE nach Frankfurt heraus und stellt sich im Reisezentrum in die Schlange vor dem Kartenschalter.

2

Sebastian Neubert lehnt am hinteren Kotflügel des Taxis und zieht an seiner Zigarette. Der Chef mag es nicht, wenn im Wagen geraucht wird. Man wird den Gestank nicht mehr los, sagt er, der Rauch setzt sich überall fest, dringt hinter die Verkleidungen, in die Polsterung der Sitze. Man riecht es jahrelang. Der Wagen steht in der Steinstraße, halb auf dem Bürgersteig. Auf den Seitenfenstern kleben in roten Kreisen durchgestrichene Zigarettensymbole. Neubert legt den Kopf in den Nacken, stößt Rauch aus und blickt nach oben. In seiner Kniekehle zuckt ein Muskel, vollführt einen irren Tanz in der weichen Mulde, und wenn er nicht sofort das Bein streckt, wird ein Krampf ihn dazu zwingen. Er wirft die Zigarette aufs Trottoir und tritt sie aus. An das Gesicht der Frau kann er sich nicht erinnern. Die Glassplitter hört er immer noch unter seinen Schuhen knirschen, aber ihr Gesicht ist wie ausgelöscht. Schon damals im Gerichtssaal, nur ein Jahr nach dem Einbruch, konnte er sich die Frau nicht mehr vorstellen. Er wusste, dass sie sterben würde, als er sich zu ihr hinabbeugte wegen der Ohrringe, obwohl er vor Gericht anders aussagte, dem Rat des Pflichtverteidigers gehorchend, trotz seiner Vermutung, dass die Geschworenen ihm nicht glauben würden; und sie glaubten ihm wirklich nicht, stattdessen hob der Richter in der Urteilsbegründung die mangelnde Schuldeinsicht hervor. Aber das war ihm damals egal gewesen, die Frau, der Prozess, die hilflosen Bemühungen seines Pflichtverteidigers und hinter der Balustrade das Publikum, das ihn unentwegt anstarrte. Alles spielte sich ab wie hinter einer Wand aus Glas, wie in einem Aquarium. Der Richter, die Geschworenen, die Zeugen, der Staatsanwalt, der Verteidiger – sie waren Fische, die sich schwebend bewegten und stumm redeten, zu ihm drang überhaupt nichts durch; er war auch ein Fisch und sich so gleichgültig wie alles andere. Das änderte sich erst im Gefängnis. Das ganze Leben änderte sich dort. Am Anfang war es sehr schlimm, dann war es leicht, als er sich neue Welten aufschloss hinter Gittern, zum Schluss wurde es wieder schlimm, als er begriff, dass es auch für ihn ein Jenseits der Mauer geben würde, sogar für ihn, dem eigentlich die Rübe runter gehört hätte, wie es seine Kollegen ausdrücken, auch die weiblichen, wenn sie im *Blauen Mond* beim Kaffee sitzen und politisieren oder über auseinander gefalteten Zeitungen vor sich auf dem Tisch über ein Verbrechen diskutieren, ohne zu ahnen, wer bei ihnen sitzt. Was er getan hat, ist unverzeihlich. Nur die Frau zwischen den Splittern könnte ihm verzeihen. Oder der liebe Gott. Den lieben Gott gibt es nicht, und die Frau ist tot.

Der Wunsch nach Vergebung hatte im Gefängnis zu reifen begonnen, er wurde größer und größer, zu einem dauernden Verlangen. Irgendjemand hatte den Keim in ihn gelegt, und der Keim wuchs wie eine Wurzel, wuchs unaufhörlich weiter und drohte ihn am Ende der Haftzeit auseinander zu sprengen, nicht plötzlich mit einem lauten Knall, sondern langsam, still und unnachgiebig, wie Baumwurzeln unter Asphalt. Er begriff, dass er diesem Verlangen nach Verzeihung sein Leben lang ausgeliefert bleiben würde. Das würde die Strafe nach der Strafe sein, keine, die sich abbüßen lässt und mit der Zeit kleiner und kürzer wird, sondern eine, die immer weiter wächst, raumgreifend wird, sich ausdehnt in die Zukunft. Vielleicht könnte es ihm eines Tages gelingen, Menschen zu finden, die Mitleid haben oder Verständnis aufbringen oder einfach über das hinwegsehen, was er getan hat, wenn es lange genug zurückliegt. Die Zeit umspinnt alles mit einem Kokon aus Nachsicht und Gleichgültigkeit, und allmählich vergeht das Vergehen. Nur verzeihen würde ihm nie jemand können, auch nicht nach noch so vielen Jahren, auch nicht am Tag des Jüngsten Gerichts, weil es diesen Tag überhaupt nicht gibt. Das hatte er im Gefängnis begriffen, und genauso war es gekommen, nachdem er aus der Haft entlassen worden war.

Der Muskel in der Kniekehle zuckt schon wieder. Es schmerzt. Neubert winkelt das Bein an und massiert die

Stelle, bis der Muskel sich beruhigt hat. Was für ein seltsamer Tag, was für eine seltsame Fahrt. Er hätte nicht hierherkommen, hätte sich gleich vom Bahnhof Düsseldorf auf den Weg nach Hause machen sollen. Vielleicht wäre es gut, Waltraud im *Blauen Mond* anzurufen? Aber er beherrscht sich. Er will sie nicht beunruhigen. Er hört förmlich, wie sie in ihrer unnachahmlichen Art, Fragen zu formulieren wie Tatsachen, hervorstößt: »Aber Sebastian, du bist in Düsseldorf!« Soll er ihr sagen, dass er in der Steinstraße steht und Zigaretten raucht? Vor ein paar Wochen erst haben sie gemeinsam aufgehört, vor allem wegen Florian, wie soll man einem Heranwachsenden plausibel machen, dass Zigaretten blöd sind, wenn man selbst jeden Tag eine Schachtel leer macht. Also haben er und Waltraud eines Abends feierlich die letzten Zigaretten ausgedrückt und den großen Neuanfang mit einem Kuss besiegelt. Seitdem raucht er nur noch heimlich, stellt sich auch beim Warten an den Halteplätzen nicht mehr mit einer Zigarette in der Hand zu den Kollegen, denn sie könnten ihn verraten im *Blauen Mond*.

Er öffnet die Wagentür und sieht beim Einsteigen die schwarze Aktentasche auf der Rückbank. Das fehlte gerade noch. Vor lauter Düsseldorf und Erinnerung hat er vergessen, den Routineblick nach hinten zu werfen, nachdem der schweigsame Fremde am Bahnhof ausgestiegen ist. Gewöhnlich achtet er darauf, dass niemand etwas liegen lässt, das zieht nur Scherereien nach sich und manchmal auch Verdächtigungen. Nichts ist für ihn so gefährlich wie Verdächtigungen. Er steigt noch einmal aus, sammelt die Kippen ein und bringt sie zu dem Abfallkorb, den er an einem Laternenmast entdeckt hat.

Er hat schon so manches gefunden im Fond seines Taxis, besonders in der ersten Zeit, als er sich den Kontrollblick nach dem Aussteigen der Fahrgäste noch nicht angewöhnt hatte: Handtaschen, Hüte, Blumensträuße, Bücher, Zigarettenetuis, Regenschirme und einmal einen strassbesetzten Ring, der glitzerte wie damals die Ohrringe und in der geschlossenen Faust brannte, als er ihn zum Chef ins Büro brachte. Ein andermal fand er am Ende der Nachtschicht, die er als Ersatz für einen Kollegen ausnahmsweise übernommen hatte, auf der Fußmatte einen roten Damenslip – noch dazu mit schwarzen Punkten. Um zwei Uhr morgens hatte er in Sachsenhausen vor einem Jazzlokal ein knutschendes Pärchen aufgegabelt. Der Mann riss die hintere Tür auf und die beiden schlüpften auf die Rückbank, fielen im Sichtschatten der Kopfstützen gleich übereinander her. »Wohin soll's denn gehen?« fragte Neubert verlegen in den Spiegel. »Wohin Sie wollen«, bekam er von einer untergetauchten Stimme zu hören, und Neubert fuhr aufs Geratewohl drauflos. »Weiter, weiter!« wurde ihm von der männlichen Stimme befohlen, als er an einer Ampel halten musste, und als er artig sagte: »Es wird gleich grün«, fingen die beiden an zu kichern; dann wurden sie still, und er hörte, was hinter seinem Rücken geschah, während er in der Nacht umherfuhr, über die Brücke auf die andere Mainseite und am Ufer entlang ins Bahnhofsviertel, weil es da noch offene Bars gab. Er kreuzte eine Weile zwischen Münchener Straße und Kaiserstraße, und als ihm seine Erkundigung nach einem Ziel abgeschnitten wurde, »Weiter!« »Weiter!« – zweistimmig diesmal und schon etwas außer Atem –, steuerte er das Westend an, fuhr nach Bockenheim, von Bockenheim über den Alleenring um die halbe Stadt nach Bornheim und von dort nach einer Runde um den Anlagenring, vorbei an der Alten Oper, wieder nach Sachsenhausen. Schließlich tauchten die beiden auf und sagten ihm, er solle zum Jazzclub zurückfahren. Die Frau bezahlte und verlangte eine Quittung. Als er sich nach hinten wandte, um ihr den Zettel zu reichen, konnte er nicht an sich halten und fragte lächelnd: »War das dienstlich?« Sie wurde nicht im mindesten verlegen, sah ihm pfeilgerade in die Augen, zupfte die Quittung aus seinen Fingern und erwiderte kalt: »Davon verstehen Sie nichts!« Am Morgen nach der Schicht fand er dann den winzigen roten Seidenslip mit den schwarzen Punkten.

Solche Dinge passierten nur nachts. Manche Kollegen schwärmten von den Abenteuern, die sie erlebten, halfen wohl auch ein wenig nach mit der eigenen Fantasie, wenn die Wirklichkeit hinter den Erwartungen zurückblieb, und erzählten ganze Romane von den Mädchen rund ums Bahnhofsviertel, von nächtlichen Botenfahrten zwischen den Bordellen, wo sie bis in die Bürozimmer der Puffmütter vordrangen, in denen sich Männer sonst nicht sehen lassen durften, auch die Luden nicht; oder sie berichteten von wilden Fahrten ins Krankenhaus, mit angeschalteter Warnblinkanlage und Dauerhupe und hinten auf der Rückbank eine Schwangere in Wehen.

Ihm waren die ruhigeren Tagschichten lieber, obwohl sie erheblich weniger einbrachten. Aber das Rotlichtmilieu beunruhigte ihn nachts, es war viel zu nah dran an dem Leben, das er vor seiner Verhaftung geführt hatte. Er zog die wirklichen Romane den Abenteuerromanen der Wirklichkeit vor, mochten die Nachtkutscher ruhig ihre Geschichten erzählen. Einen Roman kann man zuklappen, das Leben nicht. Es waren die Bücher, die ihn über die Gefängnisjahre gerettet hatten. Die Bibliotheken in den Haftanstalten waren nicht besonders gut ausgestattet. Aber das begriff er erst, nachdem er ein paar Jahre gelesen hatte, wahllos und gierig, fasziniert von der magischen Möglichkeit, aus seinem zwei mal drei Meter großen Leben zu fliehen, ohne sich von der Stelle zu rühren, bäuchlings auf der Pritsche liegend, das Buch vor sich auf dem Kissen, den Kopf auf die Handballen gestützt und die Finger über den Ohren, um den Lärm zu dämpfen, der überall aus den Zellen drang. Zuerst war es nur die Langeweile, die ihn zu den Büchern führte, dann eines Tages verstand er, es kam ganz plötzlich, wie ein Schalter, der in ihm umgelegt wurde. Von diesem Moment an gelang es ihm, sich unbemerkt aus der Zelle zu stehlen, glücklich und schmerzlos all diese Welten zu erleben, die Seite für Seite in den Büchern entfaltet wurden. Mit unendlicher Geduld reihte er leise vor sich hinmurmelnd Wort an Wort, Satz an Satz, zielstrebig und beharrlich wie Edmond Dantès im *Graf von Monte Christo*, der in vierzehnjähriger Arbeit einen Tunnel aus seiner Gefängniszelle gräbt, der Rache entgegen, die er an seinen Feinden üben wird, unversöhnlich, ewig gefangen im Verlust seiner geliebten Mercedes. Auch *Die drei Musketiere* las er und schlug bäuchlings auf der Pritsche liegend den Gegnern die Degen aus den Fäusten, während seine Augen, geübt nun von Hunderten von Seiten, über die Absätze flogen, die Alexandre Dumas für ihn geschrieben hatte, so kam es ihm vor in seinem neu entdeckten Glück, nur für ihn allein. Als er damit fertig war, holte er das nächste Buch dieses Schriftstellers aus der Bibliothek, *Die Kameliendame*. Erst später erfuhr er, dass es zwei Alexandres gab, Dumas Vater und Dumas Sohn, und dass die *Kameliendame* ein Roman des Sohnes war. Dann lernte er Quasimodo kennen, ritt mit ihm auf den Glocken von Notre-Dame und träumte von Esmeralda. Auch dieses Buch gefiel ihm, und er ließ sich in der Bibliothek ein weiteres Werk des Verfassers mit dem komischen Namen Hugo geben. Er las *Die Elenden*, weinte beim Lesen, schämte sich seiner Tränen, und als er damit durch war, begann er von vorn, las zum zweiten Mal, wie der Sträfling Jean Valjean sich das Lesen beibringt, um gewappnet zu sein für den Lebenskampf nach der Entlassung. Über all dem vergaß er Gitter und Zelle. Wenn ihn das Kribbeln in den taub werdenden Armen daran erinnerte, dass er auf seiner Pritsche lag, sprang er hoch und griff zu den Hanteln oder machte Liegestütze, Springstütze, bei denen man sich so weit vom Boden abstoßen muss, dass man in die Hände klatschen und den Körper trotzdem rechtzeitig abfedern kann.

Am Anfang gab es Schwierigkeiten wegen der Leserei, die als weibisch galt. Die anderen, und nicht nur die Häftlinge, machten sich lustig über ihn, seht euch diesen Bücherwurm an, unser Jüngelchen verwechselt den Knast mit der Schule. Und in gewisser Weise stimmte das sogar. Einmal kam es wegen eines Romans zur Rauferei. Sebastian hatte ein schmales Büchlein in der Gesäßtasche stecken, beim Hofgang zog es einer heraus, warf es einem anderen zu, der wieder einem anderen mit Gejohle, bis das Buch in Fetzen auf dem Boden lag. Erst rührte sich Sebastian nicht, dann ging er auf den Nächstbesten los, rang ihn nieder, packte ihn am Hals und drückte die Daumen auf den Kehlkopf. Es dauerte nur wenige Sekunden, bis sie ihn von seinem Opfer weggerissen hatten. Alles ging so schnell, dass er gar nicht recht begriff, was eigentlich geschehen war. Aber der andere war bleich wie der Tod und betastete die roten Male am Hals. Sebastian hat vergessen, um welchen Roman es sich damals handelte. Wären er und sein Gegner allein gewesen, hätte er ihn wegen des

Buchs erwürgt, und jetzt weiß er nicht einmal mehr den Titel. Aber er hat auch eine Frau getötet und weiß nicht mehr, wie ihr Gesicht aussah.

Wenn er sich nach dem Abschalten des Lichts auf den Rücken drehte und wach auf seiner Pritsche lag, sinnierte er manchmal, ob er wohl eine Frau hätte, wenn er nicht im Gefängnis wäre, und was er tun würde, wenn seine Frau mit einem anderen – oder er malte sich aus, wo er doch schon wegen eines Buchs jemandem an die Gurgel gegangen war, was er machen würde, wenn einer seiner Frau etwas zuleide täte, was würde er wohl machen, wenn er an der Stelle des Mannes wäre, dessen Frau er getötet hatte?

Als er am Morgen nach der Schicht das Höschen mit den Fingerspitzen vom Boden aufhob, spielte er einen Moment mit dem Gedanken, es dem Chef auf die Schreibtischplatte zu legen. Hatte man ihm nicht eingeschärft, dass alles, was in den Autos liegen blieb, abzugeben sei, und zwar ausnahmslos? Besonders in seinem Fall! Auf diese Hinzufügung hatte der Chef nicht verzichten wollen. Das Höschen wäre eine gute Gelegenheit für eine kleine Rache gewesen. Ich habe das hier im Wagen gefunden, hätte er sagen können, und Sie haben darauf hingewiesen, dass alles abzugeben ist, besonders in meinem Fall. Aber der Chef war nicht so leicht aus dem Konzept zu bringen. Vermutlich hätte er bloß den Kopf von den Schichtplänen gehoben und nach einem kleinen Zögern gesagt: »Und?

Wo ist die Dame?« Sebastian schmiss das Höschen in den Müll.

Die Tasche kann er nicht in den Müll schmeißen. Aber er könnte nachsehen, ob sich eine Adresse findet, oder sonst ein Hinweis auf den schweigsamen Gast. Normalerweise wollen sie reden, wenn sie vorne einsteigen. Eine Fahrt wie die von Frankfurt nach Düsseldorf reicht für ganze Lebensgeschichten. Neubert zieht die anderen vor, die sich nach hinten setzen und den Mund halten. Dann lässt er seine Gedanken fließen, denkt über das Buch nach, das er in den Wartezeiten an den Halteplätzen liest, wie das über die *Speed Queen*, die in der Nacht vor ihrer Hinrichtung noch schnell ihr Leben aufs Band spricht, bevor sie es verliert; oder er macht sich Sorgen wegen der Kinder, obwohl man sich um Nicole gar keine Sorgen zu machen braucht, jedenfalls sagt das Waltraud, und bestimmt hat sie Recht. Nicole ist ziemlich selbstständig mit ihren achtzehn Jahren und fängt an, davon zu reden, dass sie mit ihrem Freund zusammenziehen will. Sebastian findet das ein bisschen früh, sagt aber nichts, es ist besser, wenn er sich heraushält. Bei Florian ist das anders. Da kann er sich nicht mehr heraushalten. Der Junge hängt sehr an ihm, gerade in der letzten Zeit, sucht nach der väterlichen Hand, die Sebastian mit gutem Grund geflohen hatte, als er selbst ein Junge war, sechzehn, kein leichtes Alter. Waltraud kann den Jungen manchmal kaum zügeln, und es kommt vor, dass ihr die Hand ausrutscht, wenn Flori eine seiner patzigen Antworten gibt oder ausfällig wird und seine Mutter beschimpft. Du darfst den Jungen nicht ohrfeigen, hatte Sebastian ihr auseinandergesetzt, er ist zu groß dafür und kann die Demütigung nicht ertragen. Waltraud fauchte, du hast gut reden, du hast ihn ja nicht aufgezogen – das stimmte, von Erziehung hatte Sebastian keine Ahnung, ob er deshalb »gut reden« hatte, war eine andere Frage. Sein eigener Vater hatte zum letzten Mal versucht, ihn zu schlagen, als er fünfzehn war, ein Jahr jünger, als Flori jetzt ist. Und Sebastian war ihm wie eine Katze an die Gurgel gesprungen, hatte seinen angetrunkenen Vater umgeworfen mit der Wucht des Sprungs und schon im Fall die Hände um den Hals geschlossen, die Daumen am Kehlkopf, fast so, wie viele Jahre später bei dem Mann im Gefängnishof. Der Vater donnerte ihm die Faust an die Schläfe und schüttelte ihn ab. Er rührte ihn nie wieder an nach diesem Zwischenfall, sprach aber kaum noch ein Wort mit ihm. Im letzten Jahr der Hauptschule sagte ihm die Mutter unter Tränen, der Vater meine, nach dem Ende des Schuljahrs sei es Zeit für Sebastian, auf eigenen Füßen zu stehen. Sie suchten ihm ein Zimmer mit Kochnische und zahlten die Miete für ein halbes Jahr. Sebastian fing an, herumzujobben, hauptsächlich in Autowäschereien und Tankstellen. Er lernte ein paar Jungs kennen, und von denen die Tricks, auf die es ankam. Manchmal knackten sie Autos, um ein wenig spazieren zu fahren, manchmal nur aus sportlichen Gründen. Bei den Schnellsten dauerte es keine zehn Sekunden, bis die Wagentür offen war.

Wir hatten alle eine schwere Kindheit und bringen trotzdem keine Leute um, sagen die Kutscher, wenn sie im *Blauen Mond* die Zeitungen glatt streichen und sich über einen Mord erregen. Und das stimmt wohl auch. Sebastian rutscht hinter das Lenkrad. Er nimmt die Brille ab, behutsam mit beiden Händen, zieht aus dem Etui, das unter der *Speed Queen* auf der Mittelkonsole liegt, ein grünes Tüchlein und putzt sorgfältig die Gläser. Er setzt die Brille auf, wieder mit beiden Händen. Dann langt er nach hinten, um die Aktentasche zu schnappen, hält inne, wendet sich mit einem Achselzucken wieder nach vorn und dreht den Zündschlüssel um. Der Motor springt sofort an, läuft ruhig und gleichmäßig, obwohl er nach längeren Touren beim Ausschalten manchmal nachschlägt, erst vorhin an der Tankstelle ist es ihm wieder aufgefallen.

Unterwegs zur Autobahn verfährt er sich, vielleicht weil er nicht recht bei der Sache ist und seine Gedanken abwechselnd um die Steinstraße kreisen und um den Mann mit den zwei Ringen, als hätte das eine mit dem anderen zu tun. Der Fahrgast war sehr nervös gewesen, regelrecht alarmiert, hatte angespannt durch die Windschutzscheibe gestarrt und ihm zwischendurch immer wieder von der Seite ins Gesicht gesehen. Geschäftsleute stehen mächtig unter Druck. Wer fährt schon Hals über

Kopf für 250 Euro mit dem Taxi von Frankfurt nach Düsseldorf? Er schien einen wichtigen Anruf zu erwarten, jedenfalls hatte er mehrmals unter die Jacke gegriffen, auf der ausgebeulten Seite, wo vermutlich das Handy steckte. Nur am Stehtisch im Raststättencafé war er plötzlich ganz ruhig geworden, drauf und dran, eine Diskussion über die Todesstrafe vom Zaun zu brechen. Seine grünen Augen hatten geschimmert wie Steine, nicht glänzend, sondern matt und kalt im bleichen Gesicht. Ein energisches Gesicht mit kräftiger Nase, kräftigen Jochbeinen, kräftigem Kinn und einem blauschwarzen Schatten, obwohl es sauber rasiert gewesen war. An den Kieferknochen traten die Muskeln hervor, als er die beiden Zweihunderter auf den Tisch legte, vierhundert Euro, achthundert Mark, seltsam eigentlich, die Summe in Mark umzurechnen, bei einem Geschäftsmann. Das kam sonst nur bei viel älteren Fahrgästen vor, dass sie den Preis in Mark ausdrückten, meistens sparten sie dann am Trinkgeld.

Für Neubert war die »Demark« eine Jugenderinnerung. Im Gefängnis ist der Umgang mit Geld beschränkt, und als er entlassen wurde, galt die Gemeinschaftswährung schon. Er hatte die Umstellung an dem tragbaren Fernseher verfolgt, der auf dem kleinen Tisch in seiner Zelle stand, in seinem Haftraum, wie es offiziell hieß. Wie groß die Aufregung gewesen war da draußen, »Teuro« schimpften die Leute in Mikrofone und Kameras, wenn sie von Reportern auf der Straße angesprochen wurden.

Ein Dutzend Jahre zuvor hatte er über den Bildschirm eine andere Währungsumstellung miterlebt, die Einführung der Demark im Osten. Vor notdürftig in Containern eingerichteten Bankfilialen standen die Leute Schlange, aufgeregt, begierig auf das neue Geld und die neue Zeit. Eigentlich war das alles gar nicht zu verstehen. Er lief in der schmalen Zelle auf und ab, seinem verdammten Haftraum, und war zum ersten Mal seit der Untersuchungshaft wieder drauf und dran, das Fenster aufzureißen und schreiend an den Gittern zu rütteln. Der Wahnsinn ein paar Monate zuvor, im November '89, hatte ihn lange nicht so mitgenommen, das betraf ihn nicht, es war einfach zu groß gewesen, viel zu groß, ein ganzes Volk auf Freigang, Menschenmassen wälzten sich über den Berliner Kurfürstendamm, überall fuhren auf einmal Trabis herum, manche mit der Couch auf dem Dach, weil die Leute sich lieber im Westteil der Stadt in Turnhallen unterbringen lassen wollten als in ihre Ostberliner Wohnungen zurückkehren. Sie trauten dem Frieden nicht. Wieder andere sagten schüchtern und glücklich in die Kameras, dass sie gekommen waren, um »nur mal zu gucken«. Und die tanzenden Menschen auf der Mauer, sie tanzten ihr Gefängnis in Grund und Boden, während er zwischen Haftraum, Arbeitsstelle, Freistundenhof und Sportbereich zirkulierte im ewig gleichen Tageslauf, Wecken um sechs, Nachtverschluss um zweiundzwanzig Uhr. Wie er diese Worte hasste: Nachtverschluss, Freistundenhof, Haftraum, Haftraumtüren, Haftraumtüren unter Nachtverschluss. Lauter Wärterworte, Gefängnisworte. Dabei gab es gar keine Wärter und kein Gefängnis, nur Justizvollzugsbeamte und die JVA.

Normalerweise ging er selten in den Fernsehraum, machte sich am Feierabend nur in der Teeküche im Trakt eine Kleinigkeit heiß und zog sich dann in seine Zelle zurück, um dort etwas fernzusehen auf dem tragbaren Gerät, über dessen Schirm in regelmäßigen Abständen und in stets gleichbleibender Geschwindigkeit von oben nach unten ein flimmernder Balken glitt. Meistens bevorzugte er ohnehin seine Bücher. Aber in diesem Herbst hielt er es allein nicht aus und starrte mit den anderen fassungslos auf die Bilder, sogar die unsichtbare Kluft zwischen den Gefangenen und den Wärtern schien sich für Momente zu schließen, alle lebten auf einmal im gleichen Leben, nicht getrennt nach drinnen und draußen, hüben und drüben. Man hätte es gar nicht glauben können, hätte man sich nicht zusammen mit den anderen vor dem Bildschirm gedrängt, stehend, weil auf einmal die Stühle nicht mehr reichten. »Hast du das gesehen, hast du das gesehen, nicht zu fassen!« Eine Zeit lang wurde über kaum etwas anderes mehr geredet, obwohl es sie selbst doch gar nicht betraf, es änderte sich nichts, für sie blieb alles beim Alten. Er wusste, dass er noch zehn, zwölf oder vielleicht sogar fünfzehn Jahre vor sich hatte, bis er den ersten Haftprüfungsantrag stellen konnte. Wie würde es draußen sein, wenn er eines Tages tatsächlich entlassen werden würde? Was würde er fühlen beim Gang durch das Tor? Als es so weit war, schritt er einfach hinaus.

Er steuert den Wagen durch die Auffahrtschleife, gibt auf gerader Strecke Gas und fädelt ein. Es ist viel Verkehr, hoffentlich wird es besser mit zunehmender Entfernung von Düsseldorf. Vielleicht sollte er eine rauchen? Ausnahmsweise. Hinterher kann er ja lüften bei voller Fahrt, den Geruch hinauswirbeln, damit er sich gar nicht erst festsetzt. Er sieht den Chef vor sich und muss grinsen. Der würde schön die Fassung verlieren, wenn er wüsste, dass einer der Kutscher sein Taxi ungerührt mit der Fluppe im Mundwinkel durch die Gegend fährt. Im Taxi ist alles erlaubt, mit oder ohne Höschen, nur das Rauchen nicht. Er steckt die Zigarette an und nimmt einen tiefen Zug, dann noch einen. Aber er raucht sie nicht zu Ende, sie schmeckt nicht. Es ist ihm peinlich, dass ihm das Verbot den Genuss verdirbt, aber so ist es nun mal. Er öffnet das Seitenfenster einen Spalt und wirft die angerauchte Zigarette hinaus. Dann senkt er alle vier Scheiben mit den elektrischen Fensterhebern und freut sich an der Windsbraut, die ihn am Schopf packt, das Haar zersaust und die Hemdsärmel flattern lässt. Sie bläst den Rauch hinaus und all die Gefängnisgedanken. Es ist eine Lust zu leben. Schade, dass der Verkehr so dicht ist und er nicht schneller fahren kann. Ein großer Käfer zerplatzt genau vor seiner Stirn an der

Windschutzscheibe, und Sebastian zuckt zusammen. Er lässt die Scheiben nach oben surren und drückt den Knopf am Scheibenwischerhebel, Wasserstrahlen schießen empor. Die Wischblätter schlagen ein paar Mal hin und her, schon ist nichts mehr zu sehen. Als er den ultimativen Taximix im CD-Spieler startet, kehren seine Gedanken zu Flori zurück. Wie könnte er es nur anstellen, den Jungen auf Spur zu bringen? Vor allem müsste er ihn irgendwie aus der Clique lotsen, mit der er in letzter Zeit herumzieht. Diese Leute sind nicht gut für ihn, aber er kann dem Jungen schlecht sagen: schau mich an, dann siehst du, wohin der falsche Umgang führt.

Es ist erst ein paar Wochen her, dass abends plötzlich zwei Polizisten vor der Wohnungstür standen. Ihm fällt jetzt noch das Herz in die Hose, wenn er daran denkt. Es hatte geklingelt, und als er durch den Spion blickte, sah er draußen die Polizisten stehen. Das konnte nur ein Missverständnis sein. Er hatte sich absolut nichts zuschulden kommen lassen, er ging nicht einmal bei Rot über die Ampel, achtete mit panischer Pedanterie darauf, die Auflagen der bedingten Entlassung nicht zu verletzen. Und plötzlich stand die Polizei vor der Tür. Er hörte schon die Handschellen klicken, wie damals, als sie ihn schnappten, keine drei Stunden nachdem er aus der Steinstraße geflohen war. Sie holten ihn aus seiner Bude, bis oben zugekifft von dem Gras, das er unterwegs mit einem Teil des erbeuteten Geldes besorgt hatte. Wenigstens war er sich diesmal keiner Schuld bewusst, als er durch den Spion in die ernsten Gesichter der Polizisten blickte. Er machte die Tür auf und sah Florian an der Seite des einen Beamten stehen. Sie hatten ihn auf frischer Tat ertappt, als er ein Elektrohäuschen mit einem *tag* verzierte. Die Sache ging glimpflich aus, Florian kam mit ein paar Dienststunden beim Roten Kreuz davon, und die Säuberung des Häuschens musste bezahlt werden. Die Kosten zog Waltraud nach und nach von Florians Taschengeld ab, und er glich heimlich die Differenz wieder aus, steckte Florian den Fehlbetrag zu, wenn Waltraud aus der Wohnung war. Nicht, weil der Junge ihm Leid getan hätte, auf Leid tun kam es hier überhaupt nicht an, sondern weil er verhindern wollte, dass Florian die Spraydosen im Baumarkt klaute, wenn er sie nicht bezahlen konnte. Als Nächstes muss er ihn von der Sprayerei überhaupt abbringen, aber das geht nur, wenn er es schafft, ihn irgendwie aus dieser Clique zu holen. Am besten wäre ein vernünftiges Mädchen. Sobald die Bengel einem Mädchen gefallen wollen, fangen sie an, sich selbst zu erziehen, der beste Weg, über das kritische Alter zu kommen. Neubert huscht ein Lächeln übers Gesicht. Ihm geht es nicht viel anders. Was wäre wohl aus ihm geworden, wenn er Waltraud nicht kennen gelernt hätte? Man findet sich ohnehin kaum zurecht nach all den Jahren im Knast. Und eine Bewährungshelferin kann bei der Wohnungs- und bei der Arbeitssuche unterstützen, kann Ratschläge beim Ausfüllen von Antragsformularen und für den Umgang mit Behörden geben. Aber sie ist eben nicht deine Frau. Du bist auf sie angewiesen, aber sie nicht auf dich. Ihr Leben hängt mit deinem bloß beruflich zusammen, also überhaupt nicht, wenn es darauf ankommt. Mit der Liebe ist es etwas ganz anderes. Welch ein Glück, am Morgen aufzuwachen, ein vertrautes Gesicht neben sich auf dem Kissen. Um eine Ehefrau oder eine Freundin kann man sich kümmern, man muss für sie da sein, verlässlich und berechenbar bleiben. Und das Gleiche tut sie auch für dich. Hätte er damals, Mitte zwanzig, ein vernünftiges Mädchen gehabt, keine, die an der Nadel hing und ihm Geld für ihren Stoff abforderte, wäre er nicht in die Wohnung gestiegen, und hätte die Frau nicht –

Wenn, wenn, wenn. Er fragt sich, ob er freiwillig noch einmal ein »Lebenslänglich« absitzen würde, wenn er sein Opfer damit wieder lebendig machen könnte. Erst dann wäre alles gut – aber dann wäre sein Leben vorbei. Das kann man nicht verlangen. Aber das Opfer kann es doch verlangen. Oder was wäre, wenn die Todesstrafe das Opfer wieder lebendig machen könnte? Dann wäre die Todesstrafe eine völlig normale, ganz unspektakuläre Sache. Schließlich hat das Opfer ein größeres Recht zu leben als der Täter, oder nicht? Ihn bedrückt das Wissen um die Vergeblichkeit seiner Hoffnung auf Vergebung, aber wäre er wirklich bereit, all die langen Jahre im Gefängnis noch einmal durchzustehen, wenn er dadurch seine Tat ungeschehen machen könnte? Er bringt ein aufrichtiges Ja nicht über sich, er bringt es einfach nicht über sich. Und er ist froh, dass die Todesstrafe das Opfer nicht wieder lebendig macht, denn dann würde er nicht mehr leben. Weil er sich eingestehen muss, nicht jeden Preis dafür zahlen zu wollen, damit sie wieder lebendig wird, tötet er diese Frau zum zweiten Mal, in gewisser Weise, tötet sie immer wieder neu, solange er lebt und nicht bereit ist, für sie zu sterben.

Das sind keine Grübeleien, das sind Tatsachen in seinem Kopf. Gleichzeitig sehnt er sich nach Vergebung. Er möchte, dass sie ihm verzeiht und sich damit abfindet, dass sie tot ist, er aber lebt. Sie hat ihm das mehrmals erklärt in der Nacht, hat ihn mit seinen Wünschen konfrontiert. Am Fußende der Pritsche stehend, er konnte ihr Gesicht nie erkennen, setzte sie ihm haargenau seine Gedanken auseinander, alles geschah blitzschnell und schien völlig klar vor ihm zu liegen, so durchdringend klar, wie es nur im Traum möglich ist, und sie begann, in der Zelle herumzuschweben und Glassplitter nach ihm zu werfen, das Kopfkissen war voller rosafarbener Splitter, du hast mich ermordet, sagte sie, und zur Belohnung haben sie im Gefängnis den Menschen aus dir herausgeholt, der in dir eingesperrt war – manche Glassplitter trafen seine Augen, aber er konnte sich nicht rühren, nicht einmal die Lider schließen, musste alles anhören bis zum Schluss: nur weil du gefangen warst, konntest du dich befreien, sonst wärst du einfach zugrunde gegangen, vielleicht an der Nadel, wie dein Mädchen, oder an einem Messerstich bei einem Streit mit deinen Kumpels, oder du wärst in einem geklauten Auto gegen eine Wand gefahren mit zugekifftem Kopf. Aber dann hast du mich umgebracht, das hat dich gerettet, nur das! Sobald sie dies ausgesprochen hatte, konnte er sich wieder bewegen, das war jedes Mal so: er hatte plötzlich eine Pistole in der Hand und schoss auf sie und rannte davon über durchbrochene Laufgitter wie in einem Gefängnistrakt, aber die Laufgitter führten in eine Art Tunnel, unter seinen Sohlen knirschten Glassplitter, der Tunnel schrumpfte, gleichmäßig von allen Seiten, wurde immer enger, die Wände berührten ihn schon, verengten sich weiter, waren kurz davor, ihn zu erdrücken, und er kämpfte darum, endlich aufzuwachen, am Ende des Traums träumte er jedes Mal, dass er träumte und dass er unbedingt wach werden musste. Aber auch nachdem er aufgewacht war, blieb das Entsetzen. Das Erwachen erlöste ihn nicht, die furchtbare Verlorenheit, die er in diesem wiederkehrenden Traum empfand, hatte ein lang andauerndes Echo.

Nachdem sie das erste Mal zu ihm gekommen war in der Nacht, und auch die folgende und die darauf folgende, drei Nächte hintereinander, und das Gefühl der Verlorenheit sich tagsüber nicht mehr verflüchtigte, sondern eher noch zunahm in Erwartung ihres nächsten Besuchs, schrieb er in seiner Verzweiflung einen Brief, bat um Vergebung, flehte um Milde, ja, er kniete nieder und schrieb den Brief zusammengekauert auf dem Zellenboden, bis ihm der Bleistift abbrach vor Erregung und Zorn, der sich plötzlich gegen eine Demütigung erhob, die ihm doch keinen Frieden bringen würde. Er sprang auf die Füße, zerriss die vergeblichen Zeilen in kleine Fetzen, stopfte sie nach und nach in den Mund und schluckte, bis er zur Kloschüssel stürzte und den verschlungenen Brief wieder erbrach.

Später schrieb er noch einige Male an sie, aber nie mehr auf Knien, nie mehr mit diesem aufbrausenden Flehen, sondern vernünftig, einsichtig, niedergeschlagen, in der Art, wie er zu Beginn der Haftzeit angeleitet von seiner Therapeutin an die Eltern seines Opfers geschrieben hatte, um sich selbst über seine Tat klar zu werden, wie ihm die Therapeutin auseinander setzte, und nicht, um den Brief an die Eltern wirklich abzuschicken, die darauf vermutlich gar keinen Wert legten und sich womöglich noch verhöhnt fühlen würden. Diese Briefe an die Frau ohne Gesicht, er hat keine Ahnung, wie viele es überhaupt waren, hob er eine Weile auf, bevor er sie nach und nach ebenfalls zerriss und die Schnipsel im Klo runterspülte. Die Frau ließ sich nicht beschwichtigen. Wieder und wieder drang sie in seine Träume, manchmal mehrere Nächte hintereinander, manchmal blieb sie lange Zeit fort, kam schließlich zurück, schlich flüsternd um sein Bett und warf Glassplitter nach ihm. Nur in der Johannisnacht, der Nacht des Mordes, ließ sie sich niemals blicken. Die kürzeste Nacht des Jahres war für ihn stets die längste. Schlaflos lag er auf seiner Pritsche und wartete auf sie, hoffte wider alle Vernunft, dass sie im frühen Morgengrauen, wenn das Licht milchig und der Kopfschmerz unerträglich wurde, plötzlich in seine Zelle treten und ihm vergeben würde als lebendiger Mensch, nicht als das unerlöste Gespenst seiner Schuld.

Der letzte Splittertraum liegt eine Weile zurück, seit er Waltraud kennt, sucht ihn die ermordete Frau nicht mehr heim. Inzwischen macht er sich ihre Gedanken bei wachem Bewusstsein, fast so, als hätte sie sich in den Nächten langsam, geduldig, aber unnachgiebig in ihn hineingeschlichen. Sie hat Recht, wenn sie verlangt, dass er bereit sein müsste, für sie zu sterben, um seine Tat wiedergutzumachen. Dennoch ist die Forderung unerfüllbar, ihre Erfüllung würde bedeuten, dass er sich das Leben nehmen müsste. Wenn es Waltraud und Flori nicht gäbe, hätte er das vielleicht auch längst getan. In den ersten Monaten nach der Entlassung stand er mehr als einmal am Rand des Abgrunds, völlig verlassen wie er war. Es kam nicht darauf an, ob es ihn gab oder ob es ihn nicht gab. Sein Verschwinden wäre überhaupt nicht aufgefallen. Oder höchstens den Leuten in den Behörden, die für ihn zuständig waren. Ganze Tage blieb er im Bett liegen, auf dem Bauch, mit einem Buch vor sich. Es kam vor, dass er glaubte, immer noch in seiner Zelle zu sein, wenn er den Kopf von der Seite hob, und überrascht von dem Zimmer ohne Gitter, in dem er sich befand, erinnerte er sich gequält an die

Gegenwart, und ein verächtliches Heimweh nach dem Haftraum schnürte ihm die Kehle zu. Es würde schwer sein, sich zu befreien, nun, da er entlassen war. Etwas tun, sich bewegen, den Mut nicht sinken lassen. Dieser Art waren die Ratschläge seiner Betreuerin. Richtige Ratschläge, gewiss, und doch ratlose Ratschläge. Aber das wusste sie selbst. Er hätte gern als Buchbinder gearbeitet, in dem Beruf, für den er im Gefängnis eine Lehre gemacht hatte. Seine Hoffnung auf eine Stelle zerschlug sich jedoch nicht irgendwie, sie wurde zermalmt. Viele seiner Bewerbungen wurden nicht einmal beantwortet. Hatte nicht auch er wenigstens das Recht auf ein Nein? Als er es wagte, von der Betreuerin ermutigt, bei einer dieser Firmen, die gar nicht reagiert hatten, vorstellig zu werden, wurde ihm mit unverhohlener Verachtung beschieden: es gibt genug Leute, auch ausgebildete, die sich nie etwas haben zuschulden kommen lassen und doch keine Jobs kriegen, auf Leute wie ihn habe man gerade noch gewartet.

Natürlich hatte auch Waltraud nicht gerade auf einen wie ihn gewartet. Aber sie waren eben zusammengekommen, und nun sind sie zusammen, er ist nicht mehr allein auf der Welt, steht nicht mehr am Abgrund. Wenn er an den Sonntagnachmittagen auf dem Sofa im Wohnzimmer liegt, mit einem Buch in der Hand, und den Kopf hebt, muss er sich nicht erst erinnern, wo er eigentlich ist. Er ist zu Hause, nebenan im Schlafzimmer macht seine Frau ein Nickerchen. Gleich wird er Kaffeewasser aufsetzen, er filtert ihn immer noch wie im Gefängnis mit der Hand, und sie wird, angelockt von dem Duft, gähnend in die Küche kommen. Nach dem Sonntagskaffee spielen sie meist eine Partie Domino. Waltraud hat es ihm beigebracht, es ist viel komplizierter, als man denkt. Wenn Nicole zu Hause ist, gewöhnlich verbringt sie die Sonntage mit ihrem Freund, setzt sie sich dazu, spielt aber selten mit, sie hält das für Kinderkram. Florian ist sowieso immer unterwegs.

Sebastian ist froh, dass er von Waltraud gebraucht wird, ein klein wenig vielleicht sogar von Nicole; besonders braucht ihn der Junge. Es bedrückt ihn, dass der Junge einen wie ihn nötig hat, und gleichzeitig ist er stolz darauf. Seitdem stößt die innere Bereitschaft zur Wiedergutmachung an eine Grenze, die von seinem neuen Leben gezogen wird. Es leuchtet ihm ein, dass die ermordete Frau, das unerlöste Gespenst in seinem Kopf, damit nicht einverstanden sein kann. Sie hat tatsächlich den Preis dafür bezahlt, dass ihm eine Chance gegeben worden war. Er bekam im Gefängnis eine Therapie, lernte sich selbst kennen, lernte nachzudenken. Dann entdeckte er das Lesen und übte verstehen. Irgendetwas Hartes und Verzweifeltes in ihm zerbrach, und wie geläutert von sich selbst war es ihm plötzlich möglich, sich in andere hineinzuversetzen, sie nicht nur als Feinde wahrzunehmen, Mitleid zu empfinden. Es war eine Offenbarung, und es wäre eine Erlösung gewesen, wenn nicht zugleich seine Schuld über ihm zusammengestürzt wäre. Erst jetzt verstand er, was der Mensch getan hatte, der er selber war. Den Schuss konnte er irgendwie rechtfertigen, oder wenigstens plausibel machen durch die Umstände, die Panik des überraschten Diebes, aber niemals das Hinabbeugen zu diesem Gesicht, das sich seitdem unauffindbar in seinem Gedächtnis versteckt, und niemals den Griff nach den Ohrringen, ungerührt, als gälte es, einen Gegenstand vom Boden aufzuheben.

Nachdem seine Leseleidenschaft einer Betreuerin aufgefallen war, durfte er in der Gefängnisdruckerei eine Lehre als Buchbinder machen. Merkwürdigerweise wurden die Sachen, die im Haus gedruckt wurden, außerhalb gebunden. Die Binderei war meistens mit dem Erledigen von Behördenaufträgen beschäftigt. Hin und wieder versah er einzelne aus dem Leim gegangene Bücher der Bibliothek mit festen Einbänden, aber das galt als Privatvergnügen und musste außerhalb der offiziellen Arbeitszeit erledigt werden. Er stattete die zwei Teilbände der *Elenden* mit einer neuen Bindung aus, er selbst hatte dem ersten Band vor Aufregung beim Lesen den Rücken gebrochen. Auf die Einbände stanzte er in hübschen, altmodischen Buchstaben, mit denen sonst die Aktenbestände eines Strafrechtlers beschriftet wurden, den Namen Victor Hugo, von dem er inzwischen wusste, wie er ausgesprochen wurde. Aber die Sternstunden für ihn und auch alle anderen in der Binderei waren Verlagsaufträge, die selten waren, aber ein-, zweimal im Jahr liefen sie doch ein. Fast immer handelte es sich um Kunstbände, prachtvoll wie Heiligtümer, von denen jeweils fünfzig oder hundert nummerierte Exemplare in Leder zu binden waren. Es dauerte seine Zeit, aber davon hatte er ja genug, bis er zu dieser Arbeit zugelassen wurde, lange nachdem er den Gesellenbrief erworben hatte. Der Meister der Binderei war kein Häftling. Jeden Abend verließ er als Letzter die Werkstatt, und wenn am Morgen die Gefangenen kamen, hatte er stets schon die Schürze um. Er war klein, schweigsam und streng. Seine Lehren beschränkten sich ausschließlich aufs Berufliche. Was vor den Türen seiner Werkstatt geschah, schien ihn nicht zu interessieren, gleichgültig, ob es sich im Gefängnis abspielte oder draußen, im wirklichen Leben. Nur in den Tagen, als die Menschen auf der Mauer tanzten, gab auch er seine Meinung ab. »Erst kommt das Fest und dann der Kater«, sagte er und wandte sich wieder der Arbeit zu.

Die Autorität dieses freien Mannes, der jedem Einzelnen seiner gefangenen Untergebenen körperlich hoffnungslos unterlegen war, stand niemals in Frage, alle seine Anordnungen wurden so selbstverständlich befolgt, als wären sie gar keine Anordnungen, sondern bloß laut ausgesprochene Feststellungen, denen jeder vernünftige Mensch, der etwas von seiner Sache verstand, ohne weiteres folgen konnte. Selbst wenn der Meister irrte, auch das kam vor, tastete das seine Autorität nicht an, denn er irrte sich so, dass jeder andere in der Werkstatt an seiner Stelle den gleichen Fehler gemacht hätte.

Neubert sah zu diesem Mann auf, wenn sich das so sagen ließ, er war ja viel größer als sein Chef. Hatte er jemals einen Menschen gehabt, der auch nur entfernt etwas Väterliches für ihn ausstrahlte, dann war es dieser kleine, schweigsame Mann gewesen, den er immer nur in Arbeitsschürze zu Gesicht bekam.

Jahrelang wurde Neubert von einem Vollzugsbeamten fünf Tage die Woche auf dem Weg in die Druckerei begleitet, erst in Handschellen, später wie ein freier Mann plaudernd neben dem Wärter gehend, als wären sie Kollegen unterwegs zur Arbeitsstelle. Er hatte einen Weg, einen Platz, eine Aufgabe. Er arbeitete für einen Mann, dessen Urteil ihm wichtig war und von dem er respektiert wurde. Nun gab es auch für ihn mehr als das bloße Überleben mit halbseidenen Jobs, geklauten Autos und zugedröhnter Birne, neben sich ein Mädchen, das zitternd nach Stellen in ihren Adern suchte, die noch nicht zerstochen waren. Sie kam nur zwei-, dreimal zu Besuch, ganz am Anfang, während seiner Untersuchungshaft, dann blieb sie einfach weg, ohne ein Wort zu sagen. Vielleicht ist sie gestorben, oder sie hat ein Ding gedreht, um an Stoff zu kommen, wurde geschnappt und selbst ins Gefängnis gesperrt. Er hat sie nie wieder gesehen. Ihre Hände waren feucht und kalt, als sie einander an dem großen Besuchstisch gegenübersaßen und er ihre Fingerspitzen hielt, nachdem sie die Hände zurückgezogen hatte. Sie erzählte ihm, dass sie dringend Stoff brauchte, und nichts anderes sah er, als er in ihre Augen blickte wie in ein leeres Gefäß. Er fasste sie an den Fingerspitzen, die weiß waren wie Kalk und zitterten.

Am Horizont trübt sich der Himmel ein, das Blau wird fade, grau und verdickt sich zu schwarz quellenden Wolken, die der Wind wieder auseinander reißt. Er muss das alles abschütteln, muss nach vorne denken; man kann nicht fahren, wenn man immerzu in den Rückspiegel schaut. Die Frau wird nicht von den Toten auferstehen, es gibt kein Jüngstes Gericht. Florian ist jetzt viel wichtiger. Wie kriegt er ihn bloß aus dieser Clique? Wie lässt sich verhindern, dass der Junge durch Ungeschick und dumme Zufälle auf die schiefe Bahn gerät, in irgendetwas hineinrutscht, aus dem er nicht mehr herausgeholt werden kann, schon gar nicht von ihm mit seiner Vergangenheit. Vergangenheit, Vergangenheit, Vergangenheit. Eines Tages wird der Tunnel ihn doch erdrücken. Oder die Frau wird wieder auftauchen, ihn an der Hand nehmen und zum Abgrund führen.

Er wechselt auf die linke Spur und gibt Gas. Vielleicht schafft er es, unter dem fahlen Gewölbe hindurchzufahren, bevor das Gewitter losbricht. Hinter den Wolken leuchten die Blitze. Es donnert nicht richtig, rumort nur verhalten, er kann es kaum aus den Fahrgeräuschen heraushören. Aber schon platschen einzelne Tropfen auf die Windschutzscheibe. Die Wischblätter quietschen bei den ersten Schlägen, danach gleiten sie ohne Reibung über das Glas.

Es beginnt zu regnen, und er kehrt zurück auf die rechte Spur. Obwohl er die Geschwindigkeit weiter verringert, muss er die Scheibenwischer auf die zweite und schließlich auf die höchste Stufe stellen. Es schüttet nun wie aus Eimern. Trotzdem rauschen links von ihm weiter die Autos vorbei, zerstäubende Wasservorhänge hinter sich herziehend, durch die vage die Rücklichter schimmern. Am rechten Straßenrand taucht ein Rastplatzschild auf, das wellig an ihm vorüberzuschwimmen scheint. Er setzt den Blinker, wartet das Schild mit drei, dann das mit zwei weißen Streifen ab, wie lang hundert Meter auf einmal sein können, und nach dem Schild mit dem letzten Streifen zieht er den Wagen nach rechts, hebt den Fuß vom Gaspedal und lässt den Wagen ausrollen, bevor er schließlich anhält und den Motor abschaltet. Diesmal schlägt er nicht nach. Der Regen trommelt auf das Dach, fließt zu den Seiten ab und schießt vorn und hinten über die Scheiben.

Er starrt zur Windschutzscheibe hinaus und regt sich nicht. Wahrscheinlich kann er Florian gar nicht helfen. Wie soll jemand erziehen, der selbst nicht erzogen ist? Der Junge muss sich wohl erst einmal kräftig die Finger verbrennen. Waltraud sagt das manchmal, wenn sie nicht weiterweiß. Wenn Flori etwas zustößt, ist das Leben vorbei. Das würde er nicht ertragen. Keine Kämpfe mehr. Die Kraft reicht nicht, seine Ausdauer ist erschöpft. Er will das Taxi fahren, in den Wartezeiten seine Bücher lesen, nach Feierabend Waltraud ein wenig im *Blauen Mond* zur Hand gehen, sonntagnachmittags eine Partie Domino spielen, für den gemeinsamen Urlaub sparen, Nicole das Fahrrad reparieren, wenn es einen Platten hat, und vor allem aufpassen, dass Florian nichts geschieht. Das ist alles. Mehr geht nicht. Er beugt sich nach vorn, langsam, damit der Gurt nicht einrastet, legt die Arme übereinander aufs Lenkrad, die Stirn auf die Arme, und beginnt zu weinen. Der Regen trommelt aufs Dach. Was ist, wenn Drogen ins Spiel kommen? Vielleicht sind sie ja schon im Spiel. Genau genommen kann er überhaupt nichts tun für den Jungen. Aber wehe, wenn ihm etwas zustößt! Dann wird er sich den Boss der Clique vorknöpfen und abrechnen.

Über wen weinst du, fragt in seinem Hinterkopf plötzlich der alte Meister, obwohl der alte Meister in Wirklichkeit eine solche Frage niemals gestellt hätte. Außerdem wurde in der Werkstatt nicht geweint. Geweint wurde in der Therapie, wenn es sein musste, oder im Nachtverschluss allein auf der Haftraumpritsche, nachdem das Licht abgeschaltet worden war. Was Waltraud wohl denken würde, wenn sie ihn sehen könnte, in Tränen aufgelöst im Taxi sitzend, die Arme ums Lenkrad geschlungen wie um einen Rettungsring, während der Regen aufs Dach trommelt und in Bächen die Scheiben hinunterschießt. Keine Sorge, es ist nichts, alles in Ordnung, nur die Augen schwitzen ein bisschen.

Nach einer Weile hebt er den Kopf und löst die Arme vom Lenkrad. Die Brillengläser sind nass, erst meint er, es ist die Windschutzscheibe, diese wellige Sicht nach draußen, ein Mann, der mit einer Zeitung über dem Kopf zu einem blauen Toilettenhäuschen rennt, und der schwere, banklose Holztisch seitwärts in der Wiese, auf dessen Platte die Tropfen spritzen und der aussieht wie ein gekenterter Kahn. Er tastet nach dem Etui mit dem grünen Tüchlein unter der *Speed Queen*, gibt auf und zupft ungeschickt ein Tempo aus der Hosentasche, ohne dabei den Gurt zu lösen, setzt die Brille ab und putzt die Gläser. Es wird Zeit, dass er nach Hause kommt. Er wirft das Taschentuch auf den Beifahrersitz, rückt die Brille zurecht und greift nach dem Zündschlüssel. Aber er dreht ihn nicht um, sondern macht brüsk eine Wendung nach hinten, schnappt die schwarze Aktentasche. Er nimmt sie auf den Schoß und öffnet sie ohne Zögern. Im vorderen Fach steckt quer ein praller DIN A-4 Umschlag, zugeklebt, im hinteren hochkant eine VHS-Kassette. Sie hat keine Hülle, und als er sie herauszieht, stellt er fest, dass auch das Etikett nicht beschriftet ist. Vielleicht ist es der Lieblingsporno des merkwürdigen Gastes. Er zuckt die Achseln und lässt die Kassette zurückgleiten. Das mittlere Fach ist schmal und mit einem Reißverschluss versehen. Er zieht den Verschluss auf und holt das Diktiergerät heraus, schwarz, ziemlich schwer und wahrscheinlich über zwanzig Jahre alt. Merkwürdig für einen Geschäftsmann, so ein Ungetüm mit sich herumzuschleppen, mit mechanischem Lauf und Wechselkassetten. Das Gerät liegt so in der

Hand, dass man mit dem Daumen die Aufnahme-, Wiedergabe- und Stoptaste an der Vorderseite drücken kann. Durch ein Fensterchen sieht Neubert, dass die Kassette zurückgespult ist. Sein Daumen ist über der Taste mit dem kleinen Dreieck, aber er drückt sie nicht, lässt das Gerät in die Aktentasche zurückgleiten und zieht den Reißverschluss zu. Nicht jetzt. Es ist besser, wenn er mit der Untersuchung wartet, bis er in Frankfurt ist. Außerdem gehen ihn die Aktentaschen fremder Leute nichts an. Im Büro wird man sich schon darum kümmern – wahrscheinlich hat ihr Besitzer längst angerufen. Er schiebt das äußere Schnappschloss in die Lasche und wirft die Tasche auf den Rücksitz. Der Regen lässt langsam nach. Aber der Mann, der aus dem blauen Plastikhäuschen kommt, hält auf dem Weg zu seinem Wagen erneut die Zeitung über den Kopf.

Als er auf der Autobahn ist, nieselt es nur noch ein wenig, dann hört es ganz auf. Der Wind hat das schwarze Wolkengetümmel zu einer glatten, grauen Decke auseinander gezogen; sie sieht aus wie zu straff gespannt, an manchen Stellen leuchten von der Sonne golden gesäumte Risse auf und werden wieder verweht, dann zeigt sich weit vorn ein dünnes blaues Rinnsaal, das rasch breiter wird, an den Rändern kleine Lachen bildet, die ineinander verschwimmen, während die Augen zwischen Straße, Rückspiegel und Himmel hin und her huschen, kaum zu glauben, wie schnell die Veränderungen vonstatten gehen, nur ein kurzes Abwenden des Blicks, und schon sieht da oben alles ganz anders aus. Nach einer Weile ist die Autobahn vollkommen trocken und der Himmel provozierend himmelblau, als hätte es nie ein Gewitter gegeben. *Marimba, marimba* – so macht das Fahren Spaß. Er holt aus dem Wagen, was aus ihm herauszuholen ist, tritt das Gaspedal so weit durch, dass sein Fuß es vom Wagenboden nicht mehr unterscheiden kann. Ganz hell und heiter ist Sebastian mit einem Mal zumute, und wenn er gleich, es durchzuckt ihn wie ein Blitz, dort an der Brücke das Lenkrad nach rechts reißt, hat er es ein für alle Mal geschafft! Die Hände umklammern das Steuer, sein Herz zählt rasend die letzten Schläge. Der Brückenpfeiler ist plötzlich riesengroß, jagt an der Seite vorbei, springt in den Rückspiegel, weicht schrumpfend zurück und verschwindet. Neubert nimmt den Fuß vom Pedal, und während der Wagen langsamer wird, lässt auch das Herzklopfen allmählich nach bis zum gewöhnlichen Rhythmus. Er wischt die schweißnassen Hände an der Hose ab, erst die eine, dann die andere. Nicht mehr lange, und er ist wieder in Frankfurt. Mit zusammengebissenen Zähnen verspricht er sich: keine Extra-Touren mehr. Vertraute Geschehnisse, die sich im gewohnten Gleichklang wiederholen und so allmählich in die Zukunft übergehen, dass man es gar nicht merkt – das ist es, was er braucht als gestrauchelter Mann, ein Leben in der Sicherheitshocke, ein planvolles, ruhiges Leben mit einer Zukunft, so überschaubar wie die Autobahn, die vor ihm liegt. Auf der Autobahn kann einem auch ein Geisterfahrer entgegenkommen, aber daran lässt sich nichts ändern. An den Eskapaden in die Vergangenheit schon. Zigaretten rauchen in der Steinstraße und zu der Wohnung unter dem Dach emporstarren, wie vergeblich, wie kläglich, der Täter kehrt zum Tatort zurück. Wird die Frau dadurch wieder lebendig? Sie wird überhaupt nicht mehr lebendig, nie, nie mehr.

Mit Florian wird er in den nächsten Tagen reden, vielleicht ergibt sich eine Gelegenheit, die nicht von vornherein nach Problemen und Erziehungsmaßnahmen riecht. Wenn man ihm ankündigt, ein ernstes Wörtchen mit ihm reden zu müssen, kriegt er seinen Fernblick und hört nicht mehr zu, schaut durch einen hindurch, äußerlich starr, innerlich vibrierend, wie ein Bizeps, wenn man am Reck hängt, es aber nicht schafft, sich ganz nach oben zu ziehen. Neubert weiß genau, was in dem Jungen vorgeht. Aber er kann auch Waltraud verstehen, die hilflos auf diese vibrierende Wand von Sohn einredet und immer wütender wird. Ob der Mann mit den beiden Eheringen am Finger Kinder hat? Sie sind bestimmt schon groß, gehen zur Uni, bereiten sich auf ein gutes, sicheres Leben vor, werden Anwälte oder Wirtschaftsfachleute oder Ärzte. Nicole macht eine Ausbildung zur Krankenschwester, sie ist im zweiten Jahr. Florian weiß noch nicht, was er werden will. Es kommt sowieso erst einmal darauf an, dass er die Prüfungen zur mittleren Reife besteht. Momentan sieht es nicht danach aus. Dann muss er die Klasse eben wiederholen, auch wenn er die Schule noch so satt hat. Auf keinen Fall darf er ohne Schlusszeugnis abgehen. Vielleicht ist ihm das nicht klar genug. Waltraud und er müssen ihm einschärfen, dass es für ihn nur einen Weg gibt, aus der Schulbank herauszukommen: den Abschluss schaffen. Dann kann er eine Lehre machen, oder, in Gottes Namen, erst einmal arbeiten und Geld verdienen. Wenn Flori die Prüfungen schafft, schenkt er ihm einen Motorroller. Das ist doch eine Idee. Wenn er dem Jungen das verspricht, wird er sich schon anstrengen. Oder noch besser: er kauft den Roller für sich und macht einen Ausflug mit Flori hinten auf dem Rücksitz. Sie fahren zu einem Verkehrsübungsplatz, wo Flori die Maschine ausprobieren kann. Und auf dem Heimweg schreit er dem Jungen während der Fahrt zu: sie gehört dir, wenn du den Abschluss schaffst, deine Mutter ist einverstanden. Sonst nichts. Kein Wort der Ermahnung, nur das geschrieene Versprechen und dann, beim Helmabnehmen, nebenbei die Ermunterung: du kriegst das schon hin. So könnte es funktionieren. Jetzt muss er nur Waltraud noch überzeugen. Es wird Streit geben, das weiß er jetzt schon; vielleicht kann er sich durchsetzen, vielleicht auch nicht, in jedem Fall wird es ihm durch die Auseinandersetzung leichter fallen, die Fahrt nach Düsseldorf für sich zu behalten – wenn sie es nicht schon im *Blauen Mond* erfahren hat. Möglicherweise sagt sie nichts und wartet, ob er von sich aus darauf zu sprechen kommt. Das Risiko muss er eingehen.

Zweiter Teil

1

»Na denn Prost, Michael.«

»Sebastian! Salut!«

Sie stoßen die Gläser an, nicken einander zu und trinken. Es ist ein schöner Abend, noch hell, die Luft ist lau, man spürt sie kaum auf der Haut, und sie duftet. Die beiden Kastanien im Garten der Apfelweinwirtschaft stehen in Blüte; manche Leute, vor allem die älteren, haben hölzerne Deckelchen über den Gläsern liegen, damit kein Blütenstaub hineinrieselt und keine Bienen in den Apfelwein krabbeln. Michael trinkt ihn pur, Sebastian sauer gespritzt. Sie haben gerade Handkäse mit Musik gegessen, deftig angemacht mit Essig, Zwiebelringen, Kümmel, serviert mit dünnen Scheiben Schwarzbrot und Butterbatzen so gelb wie in alten Zeiten. Der Wirt hat eine Schürze umgebunden und trägt die Gläser mit dem selbst gekelterten Äppelwoi höchstpersönlich in den Garten. Das Essen wird von einer Bedienung serviert.

Dieses ungewöhnliche Wirtshaus liegt nicht in Sachsenhausen, wo besonders während der Messen die Leute hinströmen, sondern ist weit vom Schuss, ein Geheimtipp. Sebastian hat Michael hierher geführt. Jetzt sitzen sie zwischen den Leuten an langen Tischen im Abendlicht und halten die Hand über die Gläser, wenn eine Biene heransummt. Die Rentner aus der Nachbarschaft bringen ihre eigenen Holzdeckelchen mit; man kann sich auch welche leihen, das kostet jedoch extra. Die Preise für den Apfelwein und die Gerichte sind niedrig, dafür kostet alles extra, auch das etwas zu dünn geschnittene Brot zum Handkäse, das von der Schwiegertochter der Wirtin gebacken wird. Sebastian weiß das alles und erzählt Michael davon, erzählt auch, dass seine Frau die Familie der Wirtin schon ewig kennt, seit der Schulzeit. Das Brot wird als Bornheimer Bauernkruste angeboten, und die Kruste ist wirklich unglaublich: zerklüftet, tiefbraun, beinahe schwarz, und so knusprig, dass Michael mit der Fingerkuppe auch die letzten Krümel vom Teller tupft. Er hat noch nie so gutes Brot gegessen. Und der Handkäse war lecker, und der Apfelwein schmeckt, und die Luft duftet. Er sieht Sebastian in die Augen und ist glücklich. Wie öde sind Hass und Rachsucht in der milden Luft eines Frühlingsabends. Er hat sich geschworen, alles aus den Gedanken zu verbannen, was jenseits des kleinen Paradieses ist, solange er mit seinem Feind in diesem Garten sitzt. Die Waffe steckt in der Aktentasche in seiner Wohnung, die er vor kurzem anstelle des Pensionszimmers gemietet hat. Es wird alles viel länger dauern. Und lebt er etwa nicht gerne? Er hat so viele Jahre gewartet. Kommt es da auf ein paar weitere Wochen, auf ein paar Monate an? Er wird den Sommer genießen und seinen Freund, seinen Feind, den Mörder Vanessas studieren. Als er ein zweites Glas bestellt, bittet er den Wirt um ein Holzdeckelchen. Sebastian lächelt und lässt sich ebenfalls eines bringen, obwohl er sonst den Gespritzten ohne Deckel zu trinken pflegt, wenn er mit Waltraud hierher kommt.

»Gemütlich, oder?«

»Ja, sehr. Gibt es noch mehr von diesen Gasthäusern? Es hat ja nicht mal einen Namen.«

»Früher gab es sie wohl häufiger, ich bin ja kein Frankfurter, wie du weißt, und kenne mich nicht so gut aus. Aber meine Frau ist hier in Bornheim aufgewachsen. Das waren Saisonlokale, nur Gartenbetrieb, so was Ähnliches wie Besenwirtschaften, wie man im Rheinland sagt. Hier heißen sie Straußenwirtschaften. Das rentiert sich heute nicht mehr.«

»Man könnte gut was draus machen.«

»Wahrscheinlich. Aber dann wäre es wie drüben in Sachsenhausen, ein ganz anderer Betrieb. Die Wirtsleute machen das noch ein paar Jahre, und dann ist Schluss, die Schwiegertochter backt ihnen zwar das Brot, will den Laden aber nicht übernehmen, ist eben nicht mehr zeitgemäß.«

»Ja, schade.«

Der Wirt stellt die Gläser vor sie hin, jedes mit einem verzierten Holzdeckel. Er nimmt die abgegessenen Teller nicht mit. Das muss die Bedienung erledigen. Sie heben die Deckel ab, behalten sie beim Trinken in der Hand und legen sie dann wieder auf die Gläser.

»Wollen wir?«

Michael nickt und schiebt die Teller beiseite. Sebastian stellt ein Kästchen auf den Tisch, das neben ihm auf der Bank gestanden hat. Gemeinsam holen sie die Spielsteine heraus, rechteckige, schwarze Holzriegel mit weißen Punkten in zwei gleich großen quadratischen Feldern. Die achtundzwanzig Dominosteine werden mit den Punkten nach unten auf den Tisch gelegt, Sebastian mischt, schiebt die Steine mit der flachen Hand auf dem Tisch durcheinander. Den Regeln zufolge mischt der Sieger der letzten Partie und zieht für die nächste den ersten Stein. Sebastian mischt fast immer. Michael hat kaum eine Chance gegen ihn, gewinnt nur zwischendurch, wenn er ungewöhnlich viel Glück oder Sebastian ungewöhnlich viel Pech hat. Gelegentlich kommt Michael der Verdacht, dass Sebastian ein bisschen schummelt, unauffällig Fehler macht, um Michael gewinnen zu lassen. Wenn Michael das bemerkt, stellt er sich noch dümmer an als sonst. Er will sich nichts schenken lassen, nicht von Sebastian, auch nicht beim Domino. Das Spiel ist komplizierter, als er gedacht hat. Dabei spielen sie nur das Sechserspiel mit achtundzwanzig Steinen, nicht das Neuner mit fünfundfünfzig, bei dem der Domino mit zweimal neun Augen der höchste ist. Das Spiel kann ziemlich raffiniert sein, besonders wenn alle Steine aus dem Stamm in der Mitte gezogen sind bis auf die beiden letzten, die nicht umgedreht werden dürfen. Die beiden Steine mit der unbekannten Augenzahl, die zwischen ihnen auf dem Tisch liegen, sind die große Unwägbarkeit. An ihr scheitert Michael immer wieder. Aber er wird schon noch gewinnen, aus eigener Kraft, nicht bloß aus Glück oder weil Sebastian bewusst nachlässig ist. Michael kann sich denken, wo Sebastian das Dominospielen geübt hat. Im Gefängnis herrscht die Langeweile. Ist Zeit dort nicht der einzige Besitz? Zeit, Zeit und noch einmal Zeit, die muss man erst mal totschlagen. Früher haben Gefangene Spielsteine aus Brotklümpchen geknetet, heute gehen sie in den Freizeitbereich und leihen sich ein Spiel aus, oder sie kriegen eines von Verwandten geschickt. Bei Gelegenheit will Michael sich danach erkundigen. Er ist schon gespannt, was Sebastian dann antwortet.

Als er ihn zu Beginn ihrer Bekanntschaft fragte, wo er herkomme, denn dass er kein Frankfurter sei, würde man hören, hatte er glatt die Wahrheit gesagt: aus Düsseldorf. Am besten lügt man, wenn man sparsam lügt. Sebastian blieb bis kurz vor dem Mord nah an der Wirklichkeit, dann bog er ab und zerstreute sich, sprach von Irr- und Wanderjahren, in denen er mal hier, mal dort gelebt und gejobbt und irgendwann eine Buchbinderlehre gemacht habe, bevor er wieder ausgebrochen und herumgezogen sei, bis er schließlich in Frankfurt Waltraud kennen gelernt habe und hängen geblieben sei; jetzt wurzele er allmählich fest, sagte Sebastian lachend, werde vom einsamen Wolf zum Familienhund.

»Dr. Jekyll und Mister Hyde?« sagte Michael.

Sebastian wurde sofort ernst und schüttelte heftig den Kopf: »Nein, nicht so, nicht so!«

Dann bat er Michael, ein wenig von sich zu erzählen. Michael log mit erfundenen Geschichten um den Mord herum und kehrte erst bei seinen Westberliner Jahren zur Wahrheit zurück, berichtete von seiner Kreuzberger Hinterhofidylle, dem schmuddeligen Utopia im Schatten der Mauer, dann von der großen Implosion, die jeden, ob hüben oder drüben, in sich hineinsog, und schließlich sogar ein wenig von Conny, den Fahrradtouren auf dem Todesstreifen und all den bizarren Vergnügungen in jenem hoffnungsfrohen Frühling zwischen dem berauschenden Zusammenbruch im Herbst und der Währungsunion im Sommer.

»Absoluter Wahnsinn, was damals passiert ist, stimmt's? Ich hab es ja nur im Fernsehen gesehen, du bist zu beneiden, dass du das alles selbst erlebt hast.«

»Du wirst lachen, das meiste habe ich auch nur im Fernsehen gesehen. Man sieht immer das meiste nur im Fernsehen. Am ersten Tag zum Beispiel, als die Massen über den abgesperrten Ku'damm strömten und die Geschäftsleute Freibier an die Ossis ausschenkten, habe ich das erst abends im Fernsehen mitbekommen. Am nächsten Tag bin ich ebenfalls zum Ku'damm gefahren und habe es mir am Abend wieder im Fernsehen angesehen. Oder die Aufläufe am Brandenburger Tor, die Mauertänzer und Mauerspechte. Das habe ich alles gesehen, in Wirklichkeit, und in der Glotze. Das war schon ein komisches Gefühl: Mitten im Geschehen kam man sich vor wie im Fernsehen, und vor dem Fernseher wie mitten im Geschehen.«

»Und am 9. November?«

»Das war donnerstags. Ich bin in der Nacht zu einem Grenzübergang gefahren, habe höchstpersönlich auf Trabidächer geklopft und wildfremde Menschen umarmt, etwas widerwillig, denn das ist nicht meine Art.«

»Nein, ist es wirklich nicht«, lachte Sebastian, »du streckst einem immer schon von weitem die Hand entgegen, damit man gar nicht erst auf die Idee kommt, dich mal an den Schultern zu packen oder zu umarmen.«

»Ist das so? Habe ich noch gar nicht gemerkt.«

»An welchem Übergang warst du denn? Checkpoint Charlie?«

»Der war, glaube ich, in dieser Nacht noch gar nicht offen. Nein, an der Sonnenallee.«

»Na komm, jetzt flunkerst du aber, das sagst du nur wegen des Films.«

»Aber nein, das stimmt. Ich wohnte am Kottbusser Tor, und von da zum Hermannplatz sind es keine zehn Minuten zu Fuß. Vom Hermannplatz geht die Sonnenallee ab, und am anderen Ende war der Grenzübergang. Da stand ich von ein Uhr nachts bis vier Uhr früh und trank billigen Sekt aus der Flasche, die mir fremde Leute aufnötigten, schauderhaft eigentlich.«

»Das kann ich mir richtig vorstellen.«

»Das Beste war dann ein Kollege von dir.«

»Ein Kollege?«

»Ja, ein Taxifahrer. Ich weiß bis heute nicht, wie es mir überhaupt gelungen ist, ein Taxi zu schnappen. Jedenfalls hat der die ganze Fahrt über geschluchzt, brachte kaum ein Wort heraus, so mitgenommen war der. Als ich ihm das Geld nach vorn reichte ...«

»Ach, da hast du hinten gesessen, ich dachte, du sitzt immer vorn.«

»Damals saß ich eben hinten. Jedenfalls: Ich reiche ihm einen Schein zwischen den Sitzen durch, und als er sich umdreht, merke ich erst, dass er Asiate ist, ein Südkoreaner, wie er mir dann erzählt hat. Deshalb heulte er auch die ganze Zeit. ›Jetzt wird es auch bei uns zu Hause anders‹, meinte er, ›ich habe Verwandte im Norden.‹ Naja, seine Hoffnungen haben sich nicht erfüllt. Das war schon alles ziemlich verrückt, eine richtige Clownerie der Weltgeschichte, aber wunderbar, und für ein paar Wochen waren alle glücklich, bis dann die Probleme anfingen, die Ossi-Schlangen vor den Aldiläden und die arroganten Bananenbeleidigungen durch die Westler – kannst du dich daran noch erinnern?«

»Ja, habe ich auch alles im Fernsehen gesehen. Schily,

oder? Wie der den Ostdeutschen vom Podium herab eine Banane entgegengehalten hat.«

»Genau. Erst eine riesige Party, dann der Kater.«

»Das hat mein Meister auch gesagt.«

»Dein Meister? Den hast du vorhin gar nicht erwähnt.«

»Nicht so wichtig, mein Meister in der Buchbinderei, als ich die Lehre machte. ›Erst das Fest, dann der Kater‹ – genauso hat er sich ausgedrückt.«

»Komisch, was man sich alles so merkt.«

»Ja, komisch.«

Sie hatten noch eine Weile über 89 geredet, die Einschätzungen damals mit denen heute verglichen, und waren dann allmählich in die Gegenwart geglitten, bis das Gespräch schließlich versiegte und sie noch eine Runde spielten. Es war ihr erster Dominoabend gewesen, der Abend, an dem Michael die Regeln lernte.

Inzwischen beherrscht er diese Regeln ganz gut, aber noch nicht gut genug, um ein ernsthafter Gegner für Sebastian zu sein. Abwechselnd zieht jeder acht Steine und stellt sie auf den Längskanten vor sich hin, damit der Gegner die Augenzahl nicht erkennen kann. Sebastian beginnt mit einer Doppelvier und legt gleich den zweiten Stein an, das ist erlaubt bei einem Pasch. Der zweite Stein hat neben dem Viererfeld ein Dreierfeld. Das fängt wieder gut an, Michael lacht. Er hat weder einen Stein mit einem Vierer noch einen mit einem Dreier und muss ziehen. Der erste

Stein, den er zieht, ist die Doppelsechs. Ganz prima. Er muss weiterziehen: die Doppeldrei, schon besser, bis er begreift, dass er zwar diesen Stein anlegen kann, aber keinen zweiten, trotz des Paschs, er hat ja keinen Dreier. Wenigstens muss er nicht mehr ziehen, den Pflichtstein hat er angelegt. Als Sebastian seufzt – »So ein Pech«, sagt er mitfühlend –, merkt Michael auf einmal, dass er sich ärgert, dass er sich tatsächlich ganz normal darüber ärgert, schon wieder ein Dominospiel gegen Sebastian zu verlieren. Für einen Moment gerät er aus der Fassung und wirft zwei der vor ihm aufgestellten Steine um, als er einen für den nächsten Zug wählen will. »Ich hab' nichts gesehen«, sagt Sebastian schnell.

Sie spielen wie immer bis Hundert. Die Augenzahl auf den übrig gebliebenen Steinen eines jeden Spiels wird addiert, und wer zuerst hundert Punkte erreicht, hat verloren. Es geht nicht darum, ob Michael zuerst hundert Punkte erreicht, sondern wie viele Spiele das dauert. Heute geht es ziemlich schnell, er gewinnt kein einziges Mal. Sebastian schlägt vor: »Komm, ich gebe eine Runde aus.«

»Der Verlierer zahlt. So ist die Regel. Die Rechnung gehört mir.«

»Wenn du meinst. Aber du gibst Bescheid, wenn es dir zu viel wird. Wir spielen nicht wegen des Geldes.«

»Weiß ich – außerdem: Ich räche mich schon, verlass dich drauf.«

Sebastian zögert einen Moment, sagt aber nichts. Gemeinsam räumen sie die Steine in das Kästchen. Als Sebastian den Deckel zuklappt, sagt er: »Wir werden sehen.«

Michael dreht sich um und winkt dem Wirt.

2

Das möblierte Appartement, das Michael angemietet hat, ist ganz okay, nicht direkt sein Geschmack, aber ganz okay: ein schwarzes Ausziehsofa als Bett, Rollregale, Einbauschrank, Jalousien statt Vorhänge, Badezimmer mit Dusche und Sitzwanne, Einbauküche; nur die Waschmaschine muss repariert werden. Alles ist beinahe so, als habe er vor, sich niederzulassen, ein neues Leben zu beginnen, sein drittes Erwachsenenleben nach der Ehe mit Vanessa in Düsseldorf und den Jahren mit Conny in Berlin. An der Wohnungsklingel steht ein neuer Name: Stein. Er hat Bettwäsche gekauft und Teller, Tassen, Gläser – und Bücher, hat das Geschirr in die Küchenschränke geräumt und die Bücher auf dem Rauchglastisch neben der Ausziehcouch gestapelt, darunter *Die Speed Queen* von Stewart O'Nan und *Domino. Grundregeln und Variationen.* Rund um einen tragbaren CD-Spieler, der mit vorgewölbten Lautsprechern protzt, liegen fünf silberne Scheiben herum. Michael spielt nur diese Musik.

Er hatte die Box mit den Nancarrow-CDs in einem kleinen, rührend avantgardistischen Musikladen gefunden, eine preisgekrönte Aufnahme der *Studies for player piano*. Noch am gleichen Tag besorgte er einen tragbaren CD-Spieler, zur Einrichtung des Appartements gehört seltsamerweise ein Plattenspieler. Die Nancarrow-LPs sind in der Berliner Wohnung zurückgeblieben. Umso mehr freut er sich über die zufällig entdeckten CDs. Wenn er sie tagsüber abspielt, muss er gegen den Straßenlärm die Fenster schließen oder Kopfhörer aufsetzen. Das Appartement befindet sich im ersten Stock eines Hauses an der Wittelsbacher Allee, gegenüber einer Straßenbahnhaltestelle und nicht weit vom Zoo. Am Tag brausen die Autos, und die Straßenbahnen rumpeln. Abends hört er Pfaue schreien, wenn der Wind günstig steht, und manchmal, in der Nacht, wenn er schlaflos auf den Balkon tritt und der Ampel beim Schalten zusieht, brüllen fern die Löwen. Vielleicht bildet er sich das auch nur ein.

Einmal hat er die Löwen besucht und die Eisbären und die Elefanten, Nashörner und Giraffen. Vor dem Gorillagehege war eine große Menschentraube, und er stellte sich dazu. Die Leute deuteten auf ein stämmiges Gorillaweibchen mit einem Säugling im Arm, es drückte sein Baby an die Brust und sah ganz versonnen aus. Womöglich war das nur eine menschliche Projektion, eine Zuschreibung an das Exemplar einer Gattung, der man sich unbehaglich verwandt fühlt. Jedenfalls war es rührend mit anzusehen, wie sich die Gorillamutter um ihr Kind kümmerte, das sich mit nackten zarten Menschenfingern in ihr Fell krallte, wie sie es spazieren trug, mit ihm spielte, es überaus vorsichtig für einen Moment ablegte und genauso vorsichtig wieder aufnahm, wie sie es küsste, streichelte, an sich drückte und vor allen Übeln der Welt beschützte. Michael stiegen Tränen in die Augen, und er löste sich aus dem Pulk, um die Flamingos zu suchen. Aber plötzlich machte er kehrt und ging schnell nach Hause.

Früher, das weiß er wegen seiner Geschäftsreisen von Düsseldorf nach Frankfurt, standen die Flamingos direkt am Eingang in einem Bassin, nur durch einen Zaun von der Straßenbahnhaltestelle getrennt. Er findet es schade, dass sie jetzt nicht mehr dort sind – andererseits ist er darüber erleichtert. Damals hatte er regelmäßig einen Abstecher vom Bankenviertel zum Zoo gemacht, um die Flamingos zu sehen, wenn sein Chef ihn nach Frankfurt schickte. Manchmal hatte er kaum die Zeit, für ein paar Minuten auszusteigen, aber er ließ es sich nicht nehmen, wenigstens kurz vorbeizufahren. Wenn die Straßenbahn auf den Vorplatz einbog, zog er die Augen zu Schlitzen zusammen und sah zu den Vögeln hinüber, die herrlich reglos im Bassin standen, zweibeinig, einbeinig, manche mit ins Gefieder gestecktem Schnabel. In seinem geschlitzten Blick verschwamm das Bild, und ohne das Kreischen der um die Kurve biegenden Straßenbahn wäre es ihm so vorgekommen, als glitte er durch flirrende Luft auf einen afrikanischen See mit Abertausenden von schlafenden Flamingos zu. Er liebte diese Vögel, weil er Vanessa liebte.

Am Morgen nach der Nacht, in der sie ihn zum ersten Mal mit nach Hause genommen hatte, sah er den herrlichen Vogel im Flur, einen durchsichtigen Traum, den er in der Nacht gar nicht bemerkt hatte vor lauter Aufregung, und auch, weil der Glasvogel im Nischenschatten einer Tür stand, die Vanessa verschlossen hielt. Er hätte das unerhört grazile Glasgebilde gern angefasst, wagte es aber nicht an diesem Morgen nach der ersten gemeinsamen Nacht.

Der Autolärm macht ihm wenig aus. Er fängt an, sich heimisch zu fühlen in dieser Wohnung, in der ihm beinahe nichts gehört; das macht ihm Spaß, es ist wie das Tragen fremder Kleider. Auch mit seiner Nachbarin hat er schon Bekanntschaft geschlossen, eine schwerfällige Dame Ende sechzig, stets auf ein Schwätzchen erpicht und nicht im mindesten verlegen, wenn es darum geht, seine Verhältnisse auszuforschen. Wieder beginnt ein Leben in Unaufrichtigkeit, mit einem Wirbel aus Halbwahrheiten und Lügen um das ruhige Auge des Sturms, den er entfesseln wird, wenn es so weit ist – oder wenn er so weit ist, denn das beschäftigt ihn im Moment am meisten: Jahr um Jahr hatte er gewartet, um dann, als die Wartezeit endlich durchgestanden war, zu merken, dass seine Begegnung mit Neubert zwar nicht den Willen zur Vergeltung über den Haufen warf, aber all die Pläne, die er sich zur Verwirklichung zurechtgelegt hatte. Er wollte nach Frankfurt fahren, den Schuss abgeben und weit genug nach innen fliehen, um ganz ruhig von außen zusehen zu können, was mit ihm geschehen würde. Und nun erwischt er sich sogar dabei, zu überlegen, ob er nicht die Berliner Wohnung auflösen und seine Sachen nach Frankfurt holen soll. Seine Aufgabe ist, allem ein Ende zu machen. Stattdessen denkt er über einen Neuanfang nach.

Es ist inzwischen zweieinhalb Monate her, dass er Berlin verlassen hat. Nach der missglückten Taxifahrt mit Neubert, als sich herausstellte, dass alles viel länger dauern würde, schrieb er Conny einen Brief. Natürlich gab er nichts preis. Er bat sie um Verzeihung und versuchte, ihr zu erklären, dass es nicht anders möglich gewesen sei – eines Tages würde sie schon verstehen. Er kaufte Geschenke für die Zwillinge, verpackte sie sorgfältig und steckte den Brief in das Päckchen, mit dem er erneut nach Düsseldorf fuhr, diesmal mit dem Zug, um es dort aufzugeben, ohne Absender natürlich. Wenn Conny aufmerksam war, würde sie am Stempel erkennen können, wo das Paket herkam. Eigentlich war das eine Grausamkeit gewesen, zumindest eine Unbedachtheit: Warum fuhr er nach Düsseldorf, das war doch völlig egal, er hätte auch nach Wiesbaden oder Würzburg oder sonst wohin fahren können, wenn er nicht wollte, dass der Briefmarkenstempel einen Hinweis auf Frankfurt gab. Durch den Hinweis auf Düsseldorf würde sie eine Verbindung herstellen zwischen seinem Verschwinden und Vanessa, was überflüssig war, oder vielleicht doch nicht, vielleicht hatte er gerade gewollt, dass sie diese Verbindung herstellte – und eben darin bestand die Gemeinheit, sie hatte mit all dem doch gar nichts mehr zu tun.

Er starrt durch das Glasfenster in die Trommel einer großen, verschrammten Maschine in einem Waschsalon und sinniert über das Gespinst, in das sich sein Leben schon wieder verwandelt, unaufhörlich werden Fäden gesponnen, die verwickeln und binden, und wenn die Fäden reißen, fängt alles wieder von vorne an, das Programm wird niemals gelöscht, beginnt stets von neuem, wie bei der kleinen Spinne, die zwischen zwei Geländerstreben am Balkon ihr zierliches Netz webt, kaum zwei Handteller groß. Er hat es einige Male in schlaflosen Nächten zerstört, aber am nächsten Morgen war es wieder da, nun duldet er das unscheinbare Wunderwerk und hofft, dass nicht eines Tages der Wind es fortbläst mitsamt seiner Erbauerin.

Seit einigen Wochen spielt er Domino mit dem Mann, den er töten will, legt Stein um Stein an die weißgepunkteten schwarzen Steine seines Gegners, als habe er sein Leben nicht zum zweiten Mal abgebrochen, als er nach Frankfurt kam, um dem des anderen nach langem Zögern ein Ende zu machen. Er zögert nicht mehr auf die gleiche Weise wie in den ersten zweieinhalb Jahren nach Neuberts Entlassung, als er die Rache um seiner selbst und um

Connys willen hinausschob, auch wenn sie schon kein Paar mehr waren zum Zeitpunkt der Entlassung. Er hat diesen Menschen kennen gelernt, interessiert sich für ihn, spricht mit ihm und stellt fest, dass der Feind aus Fleisch, Blut und Seele ist und viel weniger dumm, als er es erwartet hatte von dem verstockten jungen Mann, der Neubert in seinem Kopf bis zur Wiederbegegnung geblieben war, obwohl er natürlich wusste, dass auch Mörder älter werden, vielleicht sogar reifer, das unterschied sie von ihren Opfern. Er fand nicht den Jungen vor, der mit empörender Gleichgültigkeit erklärt hatte: »Ich wusste nicht, dass die Frau stirbt«, sondern einen sympathischen Mann in den »besten Jahren«, was für Neubert haargenau zutrifft, der sich um Frau und Kinder sorgt und auf Zehenspitzen durchs Leben geht vor lauter Angst, etwas falsch zu machen. Michael bringt Verständnis für Sebastians Sorgen auf, erst von sich selbst unbemerkt, bis er überrascht feststellt, dass er sich in dessen Lage versetzt. Bisher hat er sich immer nur in die Lage Vanessas versetzt, falls es einem Lebenden überhaupt möglich ist, sich vorzustellen, schon vor zwanzig Jahren gestorben zu sein. Wie würde er sich an Sebastians Stelle verhalten? Würde er ebenso zäh um Normalität kämpfen? Vielleicht wäre er als Mörder dazu genauso wenig fähig wie derjenige, der den Mord rächen will. Die Alltäglichkeit ist ein gefährlicher Feind, gleichmütig verlängert sie die Kette der Tage, die den Abstand zum Vergangenen größer und größer werden lässt und uns doch daran kettet. Was immer auch geschieht: Pompeji wird von einem Vulkanausbruch zu Stein zerschmolzen, Lissabon versinkt in einem Erdbeben, Hiroshima verglüht unter dem Schirm eines Atompilzes, in New York rasen zwei Flugzeuge in zwei Türme – das Alltägliche kehrt stets zurück, es ist sogar zurückgekehrt, nachdem Millionen in Asche und Rauch verwandelt worden waren; was immer auch geschieht, es wird weiter Gedichte geben, Sahnetörtchen, Kinderwindeln, Frühlingsabende im Garten. Wie sollte es anders sein? Wie sollte es gar anders sein, wenn nur ein einzelner Mensch zugrunde geht, auch wenn er dir der liebste ist?

Er weiß nicht, wie er sich an Sebastians Stelle verhalten würde. Aber er findet ihn sympathisch, und in einer verdrehten Neugier auf sich selbst will er herausfinden, wie dieses bizarre Gefühl seinem lang gehegten Hass entsprungen ist. Die Verführungen des Vergebens haben begonnen. Er hat die große Gelegenheit der stummen, plötzlichen Rachetat verstreichen lassen und spürt, dass das Verzeihen sich streckt wie ein Hund, der lange geschlafen hat und nun gähnend die Schnauze von den Pfoten hebt. Das Verzeihen ist wie der Pudel seiner Nachbarin, durch nichts aus der Ruhe zu bringen, ein wolliges, überfrisiertes Geschöpf mit Gewichtsproblemen, hierin und in der Pracht der Frisur seiner Herrin ähnlich. Es prunkt mit der schönsten Puderquaste von einem Schwanz, sobald die Nachbarin Michael auf dem Weg zu seiner Wohnungstür abpasst, um ihn ein wenig zu verhören. Schließlich, so erklärt sie in schamloser Aufrichtigkeit, muss man wissen, mit wem man es zu tun hat. Außerdem ist sie einsam, auch das gibt sie unumwunden zu, und freut sich über jedes Wort, das sie mit anderen Menschen sprechen kann, denn so ein Pudel gibt keine Widerworte – die sind aber wichtig, um zu spüren, dass man nicht allein auf der Welt ist. Wenn sie anfängt zu philosophieren, bekommt ihr aufgeschwemmtes Gesicht fast etwas Mädchenhaftes, so altklug lächelt sie dabei, und als Michael begreift, dass sie über sich selbst lächelt – vielleicht ist sie in diesen Momenten wirklich ein junges Mädchen, das mitleidsvoll das Geschwätz einer alten Frau belächelt –, schließt er sie ins Herz. Den Pudel nimmt er in Kauf, denn was deine Freunde mögen, sollst du nicht hassen. Auch dies ist eine ihrer Weisheiten.

Bei ihrer Wegelagerei nach Worten lässt sich die Nachbarin selbst Vertreter nicht entgehen, obwohl sie die Leute niemals hereinbittet. Sie will nichts kaufen und keine Zeitschrift abonnieren. »Ich habe alles – ich brauche nichts«, pflegt sie zu sagen, das »Alles!« und »Nichts!« betonend und mit ihrem linken Jettatura-Auge die erschrockenen Gesprächspartner durchbohrend. Sie öffnet die Tür, verwickelt die Vertreter, nur die männlichen, in sirenische Monologe, die eher vertreiben als locken, und lässt unter zwanzig Minuten keinen entkommen.

Bei einer dieser Gelegenheiten erfuhr Michael, was es

mit ihrem bösen Blick auf sich hatte. Sie befragte ihn gerade über die komische Zirkusmusik, die bei ihm dauernd lief, eine hektische, springende, sich überschlagende Klaviermusik; so spielt doch kein Mensch, sagte sie, fügte aber gleich hinzu, dass ihr das nichts ausmache, ein bisschen Leben in der Bude sei ihr lieber als ein Toter in der Nachbarschaft. Und ob er keine Freundin habe, ein Mann brauche eine Frau, Männer verwahrlosen sonst. Aber das mit der Musik störe nicht weiter, obwohl der Pudel dann zu winseln beginne. Michael überlegte, wie er Nancarrows Musik erläutern könnte, als ein Mann die Treppe hoch kam, schnaufend, er war bestimmt im gleichen Alter wie die Nachbarin. Der Herr nickte mit dem Kopf und wollte sich japsend einen Gruß abringen, aber die Nachbarin riet ihm: »Erst atmen, junger Mann, dann können Sie immer noch Guten Tag sagen.«

Er lächelte dankbar. Als er sich beruhigt hatte, hob er mit einer Hand den großen Ausweis, der in Plastik verschweißt um seinen Hals hing, und hielt ihn ihr entgegen: »Ich bin von der Städtischen Blindenanstalt.«

Sie unterbrach sofort: »Keine Bürsten?«

»Bürsten?«

»Ja, Bürsten, früher habt ihr doch immer Bürsten verkauft – ist es nicht so?« fügte sie hinzu, sich an Keller wendend, der ratlos die Achseln zuckte.

»Ich habe noch nie Bürsten verkauft. Noch nie!«

»Ach, so ist das! Früher hat man Geld gegeben und bekam dafür eine Bürste, heute soll man Geld geben und bekommt nichts.«

»Aber liebe Frau« – er bückte sich zur Klingel – »Bedell, heutzutage ist doch eine ganz andere Zeit.«

»Ich weiß nicht, was heutzutage für eine Zeit ist. Ich weiß nur: Die Einäugigen sind jederzeit Könige unter den Blinden.«

Michael und der Herr von der Blindenanstalt blickten einander an, doch sie griff mit einer raschen Bewegung das linke Auge aus der Höhle, hielt es ihnen triumphierend unter die Nase und setzte es wieder ein.

»Bei Gelegenheit erzähle ich Ihnen, wie es passiert ist«, sagte sie zu Michael und schlug die Tür zu. Die beiden Männer standen fassungslos nebeneinander und sahen immer noch das Glasauge vor sich, auf der vorgestreckten, zitternden Hand der alten Frau.

»So etwas habe ich noch nie erlebt«, sagte der Herr und wandte sich ab, ganz blass geworden. Michael wollte ihm eine Spende geben, aber der Mann winkte bloß resigniert und begann kopfschüttelnd, die Treppe hinunter zu steigen, immerzu »Nein, so etwas, so etwas« vor sich hinmurmelnd. Michael presste die Hand vor den Mund, stürzte in seine Wohnung und begann dort furchtbar zu lachen, er konnte gar nicht mehr aufhören, das Gelächter warf ihn auf die Couch, und die Tränen liefen ihm übers Gesicht, bis seine Lippen blau wurden und zu zittern begannen und die Kehle sich zuschnürte.

Im Waschsalon ist es leicht, mit Leuten ins Gespräch zu kommen, jedenfalls mit Leuten seines Alters, fast alle ärmlich, manche abgerissen, etliche in ständiger Begleitung einer offenen Bierflasche. Wer mit fünfzig seine Klamotten im Waschsalon wäscht, kann kaum behaupten, es geschafft zu haben, was immer darunter zu verstehen sein mag. Aber Michael ist das egal, er zieht seine schlechtesten Sachen an, wenn er Wäsche waschen geht. Dann ist es noch leichter, mit den Leuten ins Gespräch zu kommen, nur mit den jungen nicht, mit Studenten oder gar Studentinnen, die haben fast immer Kopfhörer über den Ohren und ganz anderes im Sinn, als mit einem alten Mann zu plaudern. Ihm war es in seiner Jugend nicht anders gegangen, fünfzig, meine Güte, wie konnte man bloß fünfzig werden? Vanessa hatte das mal gesagt, im Scherz, über ihren unmittelbaren Vorgesetzten in der Kanzlei, der schnurstracks auf diesen graumelierten Geburtstag zusteuerte. Vanessa wurde nie fünfzig, aber das wusste sie damals nicht.

Er erinnert sich an die Weisheiten von Frau Bedell – der Mensch ist ein Gesellschaftstier – und zwingt sich zu den Besuchen im Salon, um auf andere Gedanken zu kommen, während sich die Wäsche in der Trommel dreht. Er muss aufpassen, nicht zu verkauzen, seit er auch von seiner zweiten Vergangenheit abgeschnitten ist, ganz seiner Nachbarin und Sebastian Neubert preisgegeben, die beiden einzigen Menschen, zu denen er mehr sagt als die funktionellen Belanglosigkeiten des Alltags. Schließlich hat er nichts zu tun, keine Verpflichtungen, keine Aufgaben, abgesehen von der, sich zu tarnen und für Frau Bedell und Sebastian Neubert Verpflichtungen und Aufgaben zu erfinden. Er läuft in der Stadt herum und legt sich ein Leben zurecht, Beruf, Gewohnheiten, eine Vorgeschichte, ganz ähnlich wie während seiner ersten Zeit in Berlin, nur dass er sich bei Neubert keine Widersprüche leisten darf, die ihn verraten könnten, und Frau Bedell mit oberflächlichen Erklärungen nicht zufrieden zu stellen ist. Sie will alles genau wissen. Eines Tages wird er vor lauter Erschöpfung noch die Wahrheit sagen und zugeben, dass er gekommen ist, den Mann hinzurichten, der seine Frau getötet hat. Wahrscheinlich wäre sie auch dann nicht um Ratschläge verlegen. Die Geschichte mit Conny kennt sie schon, und zwar in einer halbwegs zutreffenden Fassung, er verschwieg bloß, dass er die Heirat verweigert hat und keine Kinder wollte. Das hätte sie niemals gebilligt. »Es ist nicht gut, wenn der Mensch allein ist«, sagt sie, das stehe schon in der Bibel. Und auch: »Seid fruchtbar und mehret euch.« Sie selbst habe zwei Töchter, beide mit ehemaligen amerikanischen Besatzungssoldaten verheiratet und nun in den Vereinigten Staaten lebend.

Ein wenig Kontakt mit Fremden kann wirklich nicht schaden, Sozialtraining, das Schulen der Wahrnehmung für die Empfindlichkeiten der anderen in den Zeitoasen seiner Einsamkeit, kompakt wie ein Waschprogramm. Also lässt er die Maschine im Appartement nicht reparieren, um sich zu zwingen, weiter Wäsche in den Rucksack zu packen und plaudern zu gehen. Manchmal erzählen die Leute ihre Lebensgeschichte, und er borgt sich von diesen fremden Wahrheiten, wenn es denn welche sind, was er für seine Lügen braucht, ganze Episoden oder nur einzelne Details, wenn sie zu seinen eigenen Erfahrungen passen und zugleich seine Identität verschleiern. Frau Bedell hat für ihn den unschätzbaren Vorteil, dass sie genau bei der Sache und hartnäckig ist. Wenn sein Puzzle aus erlebten, erfundenen und bei anderen zusammengeklaubten Lebensbrocken vor ihr besteht, kann er es auch vor Sebastian Neubert zusammensetzen.

Sie spielen regelmäßig Domino miteinander und unterhalten sich, meistens über persönliche Belange, politisiert wird selten. Wenn die Rede auf ein Verbrechen kommt, die Entführung und Ermordung eines Frankfurter Bankierssohns zum Beispiel und die Folterdrohung eines hohen Polizeibeamten gegen den Entführer, weicht Sebastian aus und versucht, das Thema zu wechseln. Er spricht lieber über Waltraud, oder über Florian, der ihn sehr beschäftigt. Er hat sogar davon erzählt, wie eines Abends die Polizei vor der Tür stand mit dem Jungen am Schlafittchen: »Als ich durch den Spion die Beamten sah, bin ich ganz schön erschrocken.«

»Das kann ich mir denken«, sagte Michael mit einem

leicht sarkastischen Zungenschlag, den er einfach nicht unterdrücken konnte. Sebastian stutzte einen Moment, dann legte er einen neuen Stein an und berichtete von Floris Graffitiverbrechen. Michael brummte hin und wieder, um Anteilnahme zu signalisieren, und konzentrierte sich aufs Spiel. Er gewann es – mit einem einzigen Stein Vorsprung, aber er gewann. Richtig freuen konnte er sich nicht darüber, Sebastian war unkonzentriert, das vergiftete den Sieg. Michael sagte plötzlich: »Wie geht es eigentlich deiner netten Sekretärin?«

»›Meine Sekretärin‹ ist gut. Wie kommst du denn jetzt darauf?«

»Weiß ich selber nicht, fiel mir nur gerade ein.«

»Die ist fidel, verteilt ihre Bonbons und verjagt dann die Fahrer aus ihrem Büro. Wie immer. Du hast sie ja kennen gelernt.«

Am Morgen nach jener Taxifahrt, als Keller die Frist verstreichen und sein Opfer entkommen lassen hatte, die Aktentasche auf der Rückbank vergessend, war er in das Büro des kleinen Unternehmens gegangen, um sich den Schwur wiederzuholen, den Rachebefehl auf der Minikassette im Diktiergerät. Als er sich der Sekretärin vorstellte, klang seine Stimme belegt und er musste sich dauernd räuspern, während er die Tasche beschrieb und sogar den Inhalt aufzählte, ein dicker verschlossener Umschlag, DIN-A4, eine VHS-Kassette, ein Diktiergerät. Die

Sekretärin bot ihm ein Bonbon an, das er ablehnte, und schüttelte lächelnd den Kopf, als er sagte, sie könne die Tasche ruhig öffnen, um seine Angaben zu überprüfen. »Ist nicht nötig«, sagte sie, »außerdem habe ich die Tasche gar nicht. Der Fahrer hat den Wagen über Nacht behalten, das kommt manchmal vor, wenn eine Schicht nicht belegt ist, die Fahrer dürfen die Autos dann mitnehmen, falls sie am nächsten Morgen für dieselbe Kiste eingeteilt sind.«

Keller räusperte sich wieder und versuchte, sich nichts anmerken zu lassen, nur bat er doch um ein Bonbon.

»Kleine Erkältung«, krächzte er, als er es aus dem Papier zwirbelte und versuchte, seiner Erregung Herr zu werden.

»Mein Mann behauptet immer, dass die Frühjahrserkältungen besonders hartnäckig sind, wegen der geschwächten Abwehrkräfte, besonders wenn es ein langer Winter war.« Dann fügte sie rasch hinzu: »Der Professor muss jeden Moment hier sein.«

»Der Professor?«

»Herr Neubert, meine ich. Die meisten Kollegen nennen ihn ›Professor‹, weil er immer so viele Bücher liest und wegen seiner Brille. Jedenfalls: er hat vorhin angerufen und gesagt, dass er die Tasche vorbeibringt, bevor er zum Halteplatz fährt.«

Sie bot ihm einen Stuhl an, und er setzte sich, nachdem sie ihn darum gebeten hatte, freundlich, aber frei heraus:

»Ich mag es nicht, wenn die Männer vor meinem Schreibtisch herumstapfen, da kann sich kein Mensch konzentrieren. Das ist mein ewiger Kampf mit den Fahrern. Deshalb habe ich den Stuhl hingestellt. Nur wollen sich die meisten nicht setzen, und wenn ich sie rausschicke, werden sie brummig.« Sie sah ihn an und seufzte: »Mit Männern geht es nicht, und ohne Männer geht es auch nicht.«

Er setzte sich gehorsam, aber nach einer Weile sprang er wieder auf: »Ich vertrete mir draußen die Beine.«

Als er die Bürotür öffnete, lief er Neubert direkt in die Arme, der ihm erschrocken die Tasche entgegenhielt, fast wie einen Schutzschild. Keller griff sofort danach, für einen kurzen Moment hielten sie beide die Tasche fest. Dann ließ Neubert los und bot lächelnd eine Gratisfahrt an: »Aber nur, wenn sie nicht bis Düsseldorf führt.«

Keller dankte und ließ sich zur Hauptwache bringen, die Tasche auf dem Schoß behaltend. Unterwegs kamen sie ins Gespräch, erst über die nette Sekretärin, die den Fahrern Bonbons anbot und sie dann mit strengem Gesicht aus dem Büro schickte, wenn sie nicht bereit waren, im Sitzen auf die Tagesunterlagen zu warten; dann redete Neubert über die Staus auf dem Anlagenring, auf dem Alleenring, auf den Mainbrücken, auf der Hanauer Landstraße – eigentlich gab es in Frankfurt tagsüber immer irgendwo Staus, »entweder ist die Stadt zu klein«, meinte er, »oder es sind zu viele Leute unterwegs. Ich habe schon überlegt, ob ich nicht einen Motorroller anschaffen soll, verdammt wendig, die Dinger, mit denen kommt man überall durch, allerdings sind sie auch gefährlich, man hat ja nichts um sich, wenn man angefahren wird, keinen Panzer aus Blech wie bei einem Auto, nur den Helm.«

Schon am nächsten Tag suchte Keller ein weiteres Mal das Büro von Neuberts Arbeitgeber auf. Unter dem Vorwand, etwas zu vermissen, was in der Aktentasche gewesen sei, plauderte er mit der Sekretärin, artig auf dem Stuhl sitzend, den sie ihm angewiesen hatte, und immer wieder von Telefonaten unterbrochen. Diesmal bot sie ihm kein Bonbon an. Es handle sich um ein Etui, nur zwei Finger breit, das wiederholte er mehrere Male, ein zwei Finger breites rotes Lederetui mit einem silbernen Drehbleistift und einem silbernen Kugelschreiber im gleichen Design, beide leider ziemlich teuer, so teuer, dachte er bei sich, wie die Stifte, die Vanessa einst besessen, aber nie benutzt hatte, und die er nach ihrem Tod mit all ihrem Besitz der Familie überlassen hatte. Das Etui habe womöglich in dem Zusatzfach auf der Rückseite der Aktentasche gesteckt, erklärte er der Sekretärin, in dem Fach mit dem Reißverschluss, der vielleicht offen gewesen sei, als er die Tasche auf der Rückbank habe liegen lassen, und vielleicht sei die Tasche beim Bremsen von der Rückbank gerutscht und das kleine Etui dabei herausgeglitten, und es könnte ja sein, dass es noch im Wagen auf dem Boden liege, vielleicht habe es aber auch ein anderer Kunde entdeckt und an sich genommen, denn dass der Fahrer es gefunden und behalten habe, glaube er eigentlich nicht. Das ist wirklich ganz ausgeschlossen, bekräftigte die Sekretärin, schon etwas ungehalten, der Professor würde eher einen Stift dazustecken als einen wegzunehmen, bestimmt sei das Etui anderswo verloren gegangen oder er habe es einfach nur verlegt, so etwas komme vor, und eines Tages, wenn man am wenigsten damit rechne, tauchten die Sachen dann plötzlich wieder auf. Ja, das hoffe er auch, lenkte er ein, aber für alle Fälle wolle er doch seine Handynummer hier lassen, wenn sie nichts dagegen habe, falls es doch noch gefunden werde, das Etui, rein zufällig, es sei zwei Finger breit und es steckten zwei Silberstifte darin – und er fügte verschlagen hinzu, dass es ihm lieber sei, nur einen Stift zurückzubekommen als gar keinen, und dass er dann die Sache auf sich beruhen lassen würde. Was er damit sagen wolle, fragte die Sekretärin empört und wies ihn aus dem Büro, er konnte kaum den Zettel mit der Handynummer auf ihren Schreibtisch schnipsen. Er war sehr zufrieden mit seinem Auftritt, und als er das Gebäude verließ, spielte ein Lächeln um seine Lippen; aber seine Augen erreichte es nicht.

Es dauerte keine zwei Stunden, bis er Neubert am Handy hatte. Der Mann sprach leise, beinahe flüsternd, und Keller presste das Gerät fest an das eine Ohr, während er das andere mit dem Zeigefinger zudrückte. Die Stimme beteuerte, dass keine silbernen Stifte im Wagen gefunden worden seien, »obwohl ich überall nachgesehen habe, sogar die Rückbank habe ich ausgebaut, für den Fall, dass Ihr Etui zwischen Sitz und Lehne gerutscht ist. Ich habe dort tatsächlich Sachen gefunden, ein Feuerzeug und ein Schweizer Taschenmesser, aber kein Etui mit Stiften. Sie haben es bestimmt nicht in meinem Wagen verloren, das ist absolut ausgeschlossen.« Neuberts Stimme wirkte gehetzt, und zu Kellers Überraschung tat ihm der Mann Leid. Gleichzeitig genoss er das nur mühsam unterdrückte Keuchen an seinem Ohr.

»Ich will Ihnen nicht zu nahe treten, aber die Stifte sind kostbar, zu kostbar, als dass ich die Sache auf sich beruhen lassen könnte. Außerdem sind es Erinnerungsstücke. Sie haben mich vorgestern nach dem zweiten Ehering an meinem Finger gefragt, es sind Erinnerungsstücke an meine verstorbene Frau.«

Er hörte ein Stöhnen. Dann fragte Neubert:

»Was haben Sie jetzt vor?«

»Am besten, wir treffen uns und sprechen die Sache in aller Ruhe durch.«

»Gut, obwohl ich wirklich nicht weiß, wie ich Ihnen helfen soll. Ihr Verdacht ist völlig abwegig.«

»Mein Verdacht?«

»Dass ich die Stifte gefunden habe.«

»Irgendwo müssen sie schließlich geblieben sein. Aber ich weiß schon, ich kenne die Regel, Ihr Kollege von der Vermittlungszentrale hat sich vorgestern ziemlich klar ausgedrückt: Wenn ich etwas im Taxi liegen gelassen habe, wird es auch im Taxi gefunden – und wenn es nicht im Taxi gefunden wird, habe ich es nicht dort liegen lassen. Bequem, aber so lasse ich mich nicht abfertigen.«

»Darum geht es doch überhaupt nicht.«

»Vielleicht schauen Sie einfach noch einmal nach. Das Etui ist aus rotem Nappaleder und zwei Finger breit und es stecken ein Drehbleistift und ein Kugelschreiber drin, beide aus Silber, nicht versilbert, sondern wirklich aus Silber, verstehen Sie!«

Sie trafen sich auf der Zeil. Als Keller auf Neubert zuging, beschloss er, den Bogen nicht zu überspannen. Er durfte seinen Gegner nicht in die Enge treiben, nicht schon jetzt, und nicht auf diese läppische Weise. Neubert ließ Keller wissen, dass er noch in der Probezeit sei und keine Scherereien gebrauchen könne. Und der Verdacht auf einen Diebstahl, so abwegig er auch sei, bringe immer Scherereien mit sich. Keller entschuldigte sich vage und sagte, die Sache werde sich schon aufklären. Sie trennten sich einvernehmlich.

Seitdem hat sich einiges verändert: Sie gehen Apfelwein miteinander trinken und spielen Domino. Michael starrt abwesend in die Waschmaschinentrommel und weiß, dass irgendetwas nicht stimmt. Die Trommel hört auf, sich zu drehen, und er hört, wie die Pumpe Wasser zieht. Es ist alles in Ordnung.

Die nächste Begegnung nur zwei, drei Tage später war zufällig gewesen – oder vielleicht doch nicht. Er trieb sich in der Nähe des *Blauen Monds* herum, irrte gegen Mittag ziellos durch die Seitenstraßen, hin- und hergerissen zwischen dem Verlangen, hineinzugehen und mit Waltraud zu sprechen, und der Verlockung, Neubert abzupassen, der jeden Moment auftauchen musste. Die Waffe steckte in der Innentasche der Jacke, und er malte sich aus, wie er Neubert im *Blauen Mond* niederschießen, dann die Pistole wegwerfen und einfach an Ort und Stelle bleiben würde, dem Zorn der Kutscher ausgeliefert. Aber so durfte es nicht geschehen, schon gar nicht unter den Augen Waltrauds. Er musste mit Neubert allein sein, wenn der Schuss fiel. Nicht, um die Tat vertuschen zu können, sondern weil es eine Sache war nur zwischen ihnen beiden, eine intime Vollstreckung. Vor allem sollte Neubert ihm ausgeliefert sein, ihm wehrlos und allein gegenüberstehen, wie Vanessa einst Neubert wehrlos und allein gegenübergestanden hatte.

Er war gerade zu dem Entschluss gekommen, den *Blauen Mond* nicht zu betreten, sondern in die Pension zurückzukehren, und ging rasch die Straße entlang, die rechte Hand auf die ausgebeulte Stelle der Jacke gepresst wie ein Mann mit Herzschmerzen, den Blick zu Boden gesenkt, als ein Wagen an den Bürgersteig heran- und ein paar Schritte hinter ihm her fuhr, ganz ruhig und gemächlich. Er hörte den Wagen, hob aber nicht den Blick. Er begriff nicht gleich und dachte, es sei eines der Mädchen, die in flotten Autos im Bahnhofsviertel herumkurvten und manchmal in Schrittgeschwindigkeit neben einem Passanten her fuhren, den sie für einen möglichen Kunden hielten. Es kam vor, dass ihm eines dieser Mädchen gefiel, die meistens ziemlich aufgedonnert waren, behangen mit halbteurem Kram, den sie entweder selbst für Signale des Luxus hielten oder von dem sie glaubten, dass er für die Kunden diese Bedeutung hatte. Zu einem dieser Mädchen war er sogar ins Auto gestiegen, in den Wochen, als er sich in den Bars herumgetrieben hatte, um jemandem zu begegnen, der ihm die Waffe besorgen konnte, die er jetzt mit der Hand aufs Herz presste. Das Mädchen hatte ihm aus dem Wagen heraus zugelächelt, und als er zurücklächelte, hatte sie angehalten, sich über den Beifahrersitz gebeugt und die Tür einen Spaltbreit geöffnet. Er war eingestiegen, und das Mädchen war losgefahren. Eine Zeit lang fuhr sie einfach herum, ohne etwas zu sagen, sah ihm nur hin und wieder ins Gesicht. Ihre Lippen waren rot geschminkt, und als sie an einer Ampel den Kopf wandte und lächelte, sah er, dass die Kanten der oberen Schneidezähne rot waren vom Lippenstift. Die Frau, sie mochte vielleicht sieben- oder achtundzwanzig sein, bemerkte seinen Blick, und als die Ampel umschaltete, fuhr sie nur auf die andere Seite der Kreuzung und hielt dort in zweiter Reihe an. Sie sagte ganz freundlich: »Ich glaube, Süßer, es ist besser, du steigst wieder aus.«

»Hast du Angst vor mir?«

»Kann schon sein.«

»Du bist hübsch. Du hast Lippenstift an den Zähnen.«

»Hör mal, was willst du eigentlich?«

»Ich möchte dir einen Tipp abkaufen.«

»Dann schieß mal los.«

»Genau darum geht es.«

Sie verstand sofort und zog scharf die Luft ein.

»Das kostet aber ein bisschen.«

»Du bekommst eine Anzahlung.«

»Ich bekomme meinen Anteil sofort. Dann sage ich dir, an wen du dich wenden kannst. Dann steigst du aus, okay?«

»Und wer garantiert mir, dass dein Tipp auch wirklich ein Tipp ist?«

»Niemand.«

»Bist du das?«

»Jeder ist niemand.«

Er blickte ihr ins Gesicht, sie starrte zurück, aber nicht genau in seine Augen, sie durchbohrte eine Stelle auf seiner Stirn, genau über der Nasenwurzel. Sie gefiel ihm, es gefiel ihm auch, dass er anscheinend wirklich bedrohlich auf sie wirkte. Gleichzeitig fand er es krank, die Situation war krank, er war krank, sein ganzes Leben seit Vanessas Tod war krank. Warum saß er nicht in einem der oberen Stockwerke von einem der Bankentürme um ihn herum, blickte abgeschirmt von einer Sekretärin auf die schäbigen kleinen Deals im Rotlichtviertel herab und war wirklich gefährlich? Stattdessen rutschte er auf dem Beifahrersitz eines Ludenautos hin und her, stolz darauf, einer Nutte einen Schreck einzujagen. Sie schlossen das Geschäft ab, dann stieg er aus. Er glaubte zu hören, wie sie durchatmete, kurz bevor die Tür in den Rahmen fiel und sie aufs Gaspedal trat, ein wenig zu heftig, und er war sicher, dass sie ihn übers Ohr gehauen hatte. Trotzdem war er am nächsten Abend in die von ihr genannte Tabledance-Bar gegangen, hatte Sekt bestellt und ihn bezahlt, ohne einen Schluck zu trinken, und als die halbnackte Bedienung fragte, ob es sonst noch etwas sein durfte, hatte er bejaht, sich von ihr abgewandt und geschwiegen, genau wie ihm aufgetragen worden war. Eine Stunde später war ihm die Waffe ausgehändigt worden, auf die er nun die Hand presste, während er weiterging, ohne auf den Wagen zu achten, der an ihm vorbeifuhr und ein paar Meter weiter vorn am Straßenrand stehen blieb. Der Fahrer winkte durch die Windschutzscheibe und sprang behende aus dem Auto, wie vor wenigen Tagen auf dem Parkplatz gleichzeitig den Gurt lösend und die Tür aufstoßend. Der Mann weiß Bescheid, schoss es Keller durch den Kopf, er beobachtet mich. Am liebsten wäre er davongerannt wie ein kleiner Junge. Neubert streckte ihm lächelnd die Hand hin: »Was für ein Zufall. Ich wollte Sie schon anrufen. Stellen Sie sich vor, Ihr Etui ist gefunden worden.«

Sie sahen einander in die Augen, kurz und kalt, wie am

Stehtisch in der Raststätte. Keller sagte: »Das ist aber eine Überraschung.« Dann fügte er rasch hinzu: »Es ist nämlich wieder aufgetaucht.«

Neubert tippte ihn leicht gegen die Schulter – Keller zuckte zusammen, um ein Haar wäre er einen Schritt nach hinten gesprungen – und sagte: »War nur ein blöder Scherz. Ich bin froh, das können Sie mir glauben, dass die Sache erledigt ist.«

»Es tut mir Leid, dass ich so viel Wind gemacht habe. Ich wollte Sie nicht in Schwierigkeiten bringen. Noch dazu in Ihrer Probezeit.«

»Ist schon in Ordnung. Aber ich fordere Wiedergutmachung. Ein Kaffee muss schon drin sein. Wir könnten zum *Blauen Mond* gehen, gleich hier um die Ecke, meine Frau ist dort Wirtin.«

»Ihre Frau?« sagte Keller blöd.

»Wahrscheinlich kennen Sie das Lokal nicht, muss man auch nicht kennen, eine Taxifahrerkneipe halt, aber sauber und ordentlich. Gute Frikadellen, guter Kartoffelsalat, guter Kaffee. Ich mache dort gewöhnlich Mittagspause. Es ist noch ein bisschen früh, aber meine Frau hat es lieber, wenn ich esse, bevor der große Andrang kommt. Der Kaffee wird in ordentlichen Tassen ausgeschenkt, Sie brauchen keine Angst zu haben, sich die Finger zu verbrennen.« Neubert lachte.

»Ja, nein – eigentlich wollte ich gerade …«

»Na kommen Sie, ein Viertelstündchen.«

Er winkelte die Unterarme an und drehte die Handflächen nach oben, halb herausfordernd, halb um Entschuldigung bittend. Keller gab nach und ließ sich zum *Blauen Mond* führen. Neubert hielt die Tür auf, und als Keller an ihm vorbei trat, sagte er betont beiläufig, wieder merkwürdig flüsternd wie bei dem Telefonat: »Übrigens: Meine Frau weiß nichts von der Tour nach Düsseldorf – und auch nichts von den Stiften.«

»Verstehe«, sagte Keller – und hätte geschworen, dass der Mann log.

Der *Blaue Mond* war noch ziemlich leer. An Stehtischen lehnten einzelne Fahrer und blätterten ihre Boulevardzeitungen durch, neben sich Kaffeepötte und Aschenbecher. Nur ein einziger Tisch war von einer Runde umlagert, drei Männer und eine Frau. Der Mann, der mit dem Gesicht zur Tür saß, rief aufblickend: »Ah, der Professor«, und tippte mit zwei Fingern an den speckigen Schirm seiner altmodischen Ledermütze. Auch die anderen hoben die Köpfe, grüßten freundlich, aber nicht, wie man seinesgleichen grüßt, und setzten ihr Gespräch fort.

»Sie nehmen mich gern ein bisschen auf den Arm wegen meiner Bücher«, erklärte Neubert verlegen, »Bücher sind nicht unbedingt das, wofür sich ein Taxifahrer normalerweise interessiert – von den studentischen Aushilfen mal abgesehen.«

Neubert wählte einen Tisch in der gleichen Ecke, in der Keller abends einmal ein paar Bier getrunken hatte, während auf dem Fernseher über dem Tresen ein Fußballspiel übertragen worden war. Keller nahm Platz und sah Neubert zu, wie er zu seiner Frau hinter den Tresen trat. Es dauerte nicht lange, und Neubert kehrte an den Tisch zurück, in jeder Hand ein kleines ovales Tablett von der Art, wie sie früher in Cafés benutzt worden waren, mit durchbrochenen Deckchen aus Papier belegt und mit Zuckertütchen neben den Tassen. Die Papierdeckchen vergilbten an den Rändern, wer weiß, wie alt sie schon waren, Neuberts Hände zitterten ein wenig, in beiden Untertassen waren Kaffeepfützen.

»Meine Frau meint es zu gut und füllt die Tassen gern bis zum Rand«, entschuldigte er sich, als er die Tabletts absetzte. Keller entging nicht, dass Waltraud einige Male zu ihnen herübersah. Schließlich kam sie mit einer Gebäckschale an den Tisch, einer Etagere im Stil der Fünfzigerjahre, mit Erdnüssen, Mandeln und Salzbrezeln, artig verteilt auf die drei Schalen.

»Haben wir uns nicht schon mal gesehen?«

Keller zögerte, tat so, als überlege er.

»Ich glaube eigentlich nicht.«

»Ist ja auch unwichtig, mir kam es nur so vor, als wären Sie schon mal hier gewesen.«

Neubert war sofort alarmiert. Keller spürte es wie einen elektrischen Schlag.

»Das kann nun nicht sein, ich bin schließlich kein Taxifahrer.«

»Eben«, brummte Waltraud, »noch Kaffee?«

Sie holte die Kanne und goss nach, dann ging sie mit der Kanne zu dem anderen Tisch. Während sie dem Fahrer mit der Schirmmütze einschenkte, sprach sie leise mit ihm. Der Mann sah schräg zu Keller herüber und zuckte die Achseln.

Wenn er nur wüsste, was mit der Waschmaschine nicht stimmt. Die Trommel dreht sich, bleibt stehen, dreht zwei, drei Runden, bleibt kurz stehen, dreht zwei, drei Runden, schaltet kurze Zeit in den Schleudergang, wird erneut langsamer, bleibt stehen, zieht Wasser, dreht sich langsam weiter. Sie setzt den Spülgang fort, schaltet sich einfach durchs Programm, bei jedem Wechsel leise knisternd und knackend, während das Betriebslämpchen flackert. Heute hat er Weißwäsche, T-Shirts, Slips, Oberhemden. Die Oberhemden bügelt Frau Bedell, seit sie herausgefunden hat, dass er einen Waschsalon frequentiert. Sie benutzte genau dieses Wort: »frequentieren« und sprach es auf eine Weise aus, als ginge es um Bordellbesuche. Ein Mann verwahrlost ohne Frau, das war wieder einmal der Beweis. Sie verlangt zwei Euro pro Hemd. Das ist teuer genug, damit er annehmen kann. Außerdem zahlt er mit Zeit. In den Halbstundenplaudereien, die mit der Übergabe und dem Abholen der Hemden verbunden sind, könnte er sie leicht selber bügeln.

Die Weißwäsche hinter dem gläsernen Bullauge sieht

heute irgendwie seltsam aus. Am unteren Rand des Glases schaukelt eine kleine Pfütze. Aber ist das nicht immer so? Zwei Meter von ihm entfernt sitzt eine junge Frau mit Knopf im Ohr auf der blankgewetzten Lattenbank und strickt. Der Wolleball ist auf den Boden gefallen und unter die Bank gerollt. Aber das stört sie nicht im Geringsten. Wenn sich der Faden spannt, hebt sie einmal kurz und heftig die Arme, schon hat sie wieder Spiel, bis sich der Faden erneut spannt. Ihr Haar ist zerzaust, die Kuppen ihrer Knie schauen aus der zerfaserten Jeans heraus, und die steil auf Zehen gestellten Füße in den Turnschuhen wippen im Takt der Musik, von der für ihn nur ein rhythmisches Wummern zu hören ist, wie ein *basso continuo* zum Klappern ihrer Stricknadeln.

Nach der zweiten Tasse Kaffee im *Blauen Mond* hatte Keller sich verabschiedet und war in die Pension gegangen. Er nahm die Waffe aus der Jacke und steckte sie in die Aktentasche, mit der Mündung nach unten neben die VHS-Kassette in das breiteste Fach, legte die Tasche in einen Rollkoffer, verschloss den Koffer und wuchtete ihn auf den Schrank. Er beschloss, statt des Pensionszimmers eine möblierte Wohnung zu mieten. Die kleinen Schlüsselchen zu dem Koffer trug er im Münzfach seines Portemonnaies bei sich, bis er in die Wittelsbacher Allee gezogen war und sich nicht mehr vor schnüffelnden Zimmermädchen fürchten musste. Jetzt liegt die Waffe im Schubfach eines Sideboards zwischen ineinandergestülpten Socken und ungebügelten Taschentüchern. Es war nicht schwer gewesen, die Wohnung zu bekommen. Offenbar gab es nur wenige Interessenten, sie war zu laut und für die Ausstattung eigentlich auch zu teuer. Einen knappen Monat nach der vergeblichen Henkersfahrt nach Düsseldorf brachte Keller seine Sachen in sein neues Zuhause und machte es sich in den fremden Möbeln auf seine Weise gemütlich. Zu diesem Zeitpunkt hatte er sich mit Neubert bereits mehrere Male getroffen und freundete sich nun mit ihm an, gepeinigt von der Feindseligkeit, die ihn in schlaflosen Nächten überwältigte, während er bei den Zusammentreffen eine vage Sympathie empfand, die sich rasch festigte und zur Anteilnahme vertiefte. Er mochte den Mann und spürte, dass er gemocht wurde. Sein Feind wurde zum Freund, aber der Freund blieb sein Feind. Wer in den Spiegel hineinblickt, schaut seitenverkehrt wieder heraus. Mit sardonischer Neugier belauerte er die Zuneigung, die bei den Begegnungen vorherrschte, und studierte den Hass, der in den Nächten eifersüchtig seine älteren Rechte geltend machte.

Die Dominoabende begannen: ruhig legten sie weiß gepunktete schwarze Steine aneinander, bauten kleine Straßen des Zufalls über den Tisch, die vom Pech oder Glück, das im Stamm der umgedrehten Steine verborgen war, fast immer in andere Richtungen gelenkt wurden, als in der jeweiligen Taktik geplant. Als im Garten der namenlosen Apfelweinwirtschaft die Kastanien blühten, boten sie einander das Du an und prosteten sich zu.

Er begreift plötzlich, was ihn die ganze Zeit an der Wäsche hinter dem Trommelglas irritiert: sie ist rosa, sie hat einen leichten rosafarbenen Stich, nicht sehr schlimm, aber doch zu bemerken, wenn man darauf achtet. Er konzentriert sich auf das Knäuel hinter der Scheibe, vielleicht ist es nur eine optische Täuschung, eine Spiegelung des roten Gehäuses der Maschine in der Wölbung der gläsernen Tür an der Vorderseite. Dann sieht er für einen Moment einen knallroten Fetzen aufleuchten, der sofort wieder im Weiß verschwindet, aber dann erneut zum Vorschein kommt, an die Innenseite des Glases gepresst wird und sich nun direkt hinter der Trommeltür dreht. Er besitzt ein einziges rotes T-Shirt. Ein einziges. Es ist ihm ein Rätsel, wie es zwischen die Hemden rutschen konnte.

»Oje, das sieht aber nicht gut aus«, sagt das Mädchen, ohne das Stricken zu unterbrechen, und grinst ihn schadenfroh an, aber auf eine nette Weise, als würde sie zur Belohnung für ihr spöttisches Mitgefühl auf der Stelle ein Erdbeereis erwarten. Er springt auf und drückt an den Tasten herum, schafft es aber nicht, das Programm zu unterbrechen. »Schicksal«, seufzt das Mädchen, reißt die Arme hoch und zieht den Faden an sich heran. Die nackten Knie wippen auf und nieder. Er wendet sich ab, um nach jemandem zu suchen, der ihm erklären kann, wie sich das Programm anhalten lässt. Als er unverrichteter Dinge zur Maschine zurückkehrt, dreht sie im Schleudergang. Er hebt ergeben die Arme, mit den Händen nach oben, wie Sebastian es in einem solchen Fall getan hätte, und wartet den Lauf der Dinge ab. Das strickende Mädchen ist nicht mehr da. Als die Maschine die Tür endlich freigibt, räumt er kopfschüttelnd seine Hemden in eine Plastikwanne, um sie zum Trockner zu bringen. Alles verfärbt! Er kann sich auf eine Gardinenpredigt von Frau Bedell gefasst machen, wenn er ihr die Hemden zum Bügeln bringt. Er hört schon, wie sie vorwurfsvoll »Rosa!« sagt, ihm mit dem Glasauge bis in den hintersten Winkel seiner Seele blickt und hinzufügt: »Blau, Herr Nachbar, blau ist die Farbe der Jungs.« Während die Wäsche trocknet, blättert er eine Zeitung durch, die jemand auf der Bank zurück gelassen hat. »Polizeivize angeklagt« steht quer über eine Doppelseite, aufgeregt berichtet das Boulevardblatt, dass der Mann sich vor Gericht verantworten muss, weil er einem Kindesentführer Gewalt angedroht hatte, um herauszufinden, wo das Opfer gefangen gehalten wurde. »Schont unser Recht die Täter?« fragt die Zeitung. »Was würden Sie mit dem Entführer Ihres Kindes tun?« Das Lämpchen am Trockner ist grün. Er nimmt die Wäsche heraus, beginnt sie ordentlich zu falten, stopft sie dann, plötzlich sehr ungeduldig, achtlos in den Rucksack und macht sich, den Sack lose über eine Schulter gehängt, auf den Weg zur U-Bahn.

Als er zwei Stationen später den Zug verlässt und den Bahnsteig entlanggeht, hört er hinter sich ein Johlen und Rufen, dreht sich aber nicht um, es betrifft ihn schließlich nicht, und setzt ruhig seinen Weg fort. »He! He! Dudadu! Bleib stehen, dudadu!« Die Stimme erkennt er nicht, aber plötzlich weiß er mit absoluter Sicherheit, dass er gemeint ist, er spürt es in seinem Rücken, in der Mitte der Schulterblätter, und während er nun auch die zweite Tragschlaufe des Rucksackes überzieht, beschleunigt er seinen Schritt. Er hört, wie der andere hinter ihm herläuft, mit lauten nachhallenden Rufen, die in Schreie übergehen, und beeilt sich, die Rolltreppe hochzukommen. Und jetzt sieht er ihn, erst aus den Augenwinkeln, der Mann stürzt die Stufen neben der Rolltreppe empor, während er selbst den Rucksack straff zieht, weiter geradeaus blickt und immer noch hofft und immer noch so tut, als gehe ihn das alles nichts an, bloß irgendein besoffener Penner, der Leute anbettelt und in unterirdischen Bahnhöfen herumkrakeelt, oder ein Drogenzombie, der auf dem Trip ist und wahllos Passanten belästigt. Der Mann schießt oben um die Brüstung und wartet an der Rolltreppe, bebend, mit wutverzerrtem Gesicht. Michael rollt genau auf ihn zu. In den Händen des Mannes knallt ein Ledergürtel. Er führt die gelochte Seite und die Schnallenseite zusammen, bis sich Schlaufen nach unten und oben bilden, dann zieht er den Gürtel blitzschnell auseinander. Es klingt jedes Mal wie ein Schuss. Als Michael oben ankommt, gibt der

Mann den Weg frei und lässt Michael aus der Rolltreppe in die B-Ebene treten, läuft aber neben ihm her, schreit weiter auf ihn ein, wirft ihm mit überschnappender Stimme vor, sein Rufen ignoriert zu haben, einfach ignoriert, er gerät ganz außer sich, einfach ignoriert, du hast mich einfach ignoriert, mich ignoriert keiner, wie, wie, du ignorierst mich, mich, mich, mich, er schreit es immer wieder, mich, mich, und läuft neben Michael her, immerzu mit dem Gürtel knallend. Als Michael stehen bleibt, um den Mann, den er noch nie gesehen hat, zu beruhigen, bleibt auch der andere stehen, einen halben Meter von ihm entfernt, grätscht die Beine, hält den Gürtel nur noch am gelochten Ende und schwingt die schwere Metallspange hin und her. Seine Worte sind nicht mehr zu verstehen, es sind Laute wie von einem Tier. Michael ist aschfahl. Der andere ist fast einen Kopf kleiner, schmal und schmutzig, seine Hände sind verkrustet, das vor Fett strähnige Haar klebt ihm am Kopf, seine Stirn ist nass von Schweiß, und seine Augen leuchten, leuchten in irrem Glück. Er sieht, dass jemand ihn fürchtet, unvermittelt hört er auf zu schreien, schwingt lächelnd den Gürtel, dann verzerrt sich sein Gesicht, wieder diese Laute, Laute, wie Michael sie noch nie von einem Menschen gehört hat. Michael streckt die Hände aus und will etwas sagen. Er zittert, er spürt, wie ihm die Knie schlackern vor Angst, er spürt, dass es nicht bloß eine Redensart ist, er spürt, wie die Kniescheiben aus den Gelenken springen wollen. Der Mann kann jeden Moment einen Schlag führen mit dem schwingenden Gürtel, ihm mit dem Dorn der Metallspange die Lippen aufreißen, die Nase brechen, ein Auge ausstechen. Wenn er den Mann angreift, dem er unter normalen Umständen körperlich weit überlegen wäre, wird er mit einem Tier kämpfen müssen. Und selbst wenn er den Kampf gewinnt, wird er den Kampf mit diesem Tier, mit diesem aus sich selbst hinauskatapultierten, völlig entregelten Menschen, der sich aus irgendeinem wahnsinnigen Grund jeden Moment auf ihn stürzen kann, nicht ohne Verletzung überstehen. Wenn er wenigstens den Rucksack nur über einer Schulter hängen hätte, wie es sonst seine Gewohnheit ist, vielleicht könnte er ihn herunterreißen und als Schild benutzen. Dem anderen entringt sich ein furchtbares Stöhnen, und mit einem Schrei reißt er den Gürtel hoch, springt einen Schritt zurück und rennt dann um Michael herum, zwei-, drei-, viermal, es geht blitzschnell, der Gürtel schwingt über ihren beiden Köpfen, bannt sie beide in denselben Kreis aus Angst und Hass. Leute stürzen herbei. Der Gürtelmann bleibt wie angewurzelt stehen, dann läuft er lachend davon und zieht den Gürtel lose hinter sich her. Die Metallspange hüpft über den Boden.

Michael gelingt es nicht, den Leuten zu erklären, was geschehen ist. Er versteht es ja selbst kaum. Sie muntern ihn auf, und gleichzeitig betrachten sie ihn argwöhnisch, wollen ihm nicht glauben, dass er den Mann vorher noch nie gesehen hat. Er keucht beim Sprechen. Das Entsetzen schnürt ihm die Kehle zu. Nur langsam lässt das Zittern nach, und es dauert eine Weile, bis er wieder halbwegs normal atmen kann. Die Leute zerstreuen sich. Als er die Ausgangstreppe zur Straße emporsteigt, trifft ihn das Tageslicht mit einer Wucht, dass er beinahe ohnmächtig wird.

Er geht nicht direkt nach Hause, sondern macht einen Umweg. Ihm dämmert, was für ein Glück es war, dass er die Waffe nicht bei sich trug. Wahrscheinlich hätte er sie herausgezogen in seiner Panik, sich an ihr festgehalten, mit ihr herumgefuchtelt und versucht, den Irrsinnigen einzuschüchtern. Vielleicht hätte er sogar abgedrückt. Der Mann wäre knurrend auf ihn losgesprungen, und er hätte abgedrückt. Irgendein bizarrer Zufall kann alles zunichte machen. Er muss aufhören, Sebastian zu umtänzeln, es ist Zeit, zu handeln und den Schwur zu erfüllen. Der Kreis, den der rasende Irre um ihn gezogen hat, liegt noch immer wie ein Reif um seine Brust, er atmet flach und vorsichtig, während er langsam, ohne auf den Weg zu achten, durch die Straßen trottet, den Rucksack lose in der Hand tragend. Als er vor vielen Jahren in Berlin dem Fremden ins Gesicht schlug aus nichtigem Anlass, hatte ihn die Freiheit am Schopf gepackt wie ein großer Adler und in die Lüfte erhoben, alles lag wunderbar klar und weit unter ihm, kein Gesetz hatte mehr Gültigkeit. So war es ihm im Adrenalinrausch vorgekommen, aber auch, nachdem sich die physische Euphorie verflüchtigt hatte, blieb die Erinnerung an den Jubel zurück, den ein Mensch empfinden kann, den nichts an andere Menschen bindet, losgelöst und verlassen, verloren und frei. Nun fühlt er sich in die Höhle seiner selbst zurückgetrieben und begreift erschüttert, dass ein gürtelschwingender Verrückter, der für irgendetwas Rache nehmen wollte, um ein Haar all seine Pläne zunichte gemacht hätte. Seit Vanessas Tod hat sein Leben nur von einem einzigen zentralperspektivischen Punkt aus einen Sinn. Dieser Punkt scheint nun verwischt und mit ihm alles, was er in den letzten zwei Jahrzehnten gelebt und nicht gelebt, erinnert und vergessen, verweigert und erwartet hat. Er macht sich auf den Heimweg. Den Rucksack trägt er immer noch lose in der Hand, einer der Rückenriemen schleift über den Boden.

Es gelingt ihm nicht, an der Wohnungstür von Frau Bedell vorbeizuschlüpfen. Der Pudel ist aufmerksam und bellt, als er die Treppe hochsteigt, Frau Bedell steht schon im Türrahmen. Sie erkundigt sich, wie viele Hemden es diesmal sind, und beginnt, ohne seine Antwort abzuwarten, über den Polizeivize zu sprechen, der vor Gericht gestellt werden soll, weil er einem entführten Kind das Leben retten wollte. Sie hat es in den Nachrichten gesehen und will wissen, was er davon hält. »Folter ist verboten«, antwortet er barsch, »wo kämen wir hin, wenn jeder Polizist das Gesetz in die eigene Hand nimmt!« Sie starrt ihn empört an, und er wendet sich mit einem knappen Gruß ab, geht ohne ein weiteres Wort zu seinem Appartement. »Aber das Kind«, ruft sie ihm hinterher, »was ist mit dem Kind?«

Die nächsten Tage verlässt er die Wohnung nicht mehr. Er bunkert sich ein wie Nancarrow und hört die Musik, die der Komponist in einem schwarz gestrichenen Keller am Stadtrand von Mexiko City fabriziert hat, in fanatischer Geduld vier Jahrzehnte lang Löcher in Papierstreifen stanzend, erst in Handarbeit, Ton für Ton, dann mit Hilfe von selbst konstruierten Schablonen. Der CD-Player ist auf *repeat* programmiert, wenn die Tracks einer Scheibe abgespielt sind, fängt das Gerät von vorne an. Michael stellt die Lautstärke höher als gewöhnlich und reagiert nicht auf das Klingeln der alten Frau und das Winseln des Hundes vor seiner Tür. Die Töne werden in Salven herauskatapultiert, rasen wie irr an der Decke entlang, rieseln die Wände herab und zerfließen zu Klangwellen, die über ihm zusammenschlagen.

Er zieht die Jalousien zu und breitet im Halbdunkel alles um sich aus, was er von Vanessa besitzt: die Fotos, auch das vor Berninis verzückter Theresia; das Ehetagebuch, das sie während der Hochzeitsreise gemeinsam geführt haben, sich bei den Einträgen abwechselnd; die Zeitungsausschnitte mit den Prozessberichten und den von Gerichtszeichnern gefertigten Porträts des Angeklagten, in denen er seinen bedächtigen, dominospielenden Freund nicht wiedererkennt. Er schiebt die VHS-Kassette mit dem Zusammenschnitt der Filme, die er von Vanessa auf der Hochzeitsreise aufgenommen hat, in den Videorekorder, der wie der Plattenspieler aus den frühen Achtzigern stammt, aber immer noch funktioniert und nun vorführt, wie er damals seine Frau durch die Linse der Kamera gesehen hat. Wiegenden Schrittes geht sie die Via del Conciliazione entlang, und er bleibt ihr dicht auf den Fersen, obwohl der Ausdruck »Fersen« angesichts des Fokus, den die Kamera hält, nicht ganz angemessen ist. Ein Zoom holt sie noch näher heran, es ist wie eine Umarmung von hinten, gebannt starrt er auf den Schirm, jetzt, genau jetzt müsste sie sich umdrehen, und sie dreht sich um, sieht ihn streng an, tut einen Moment erstaunt, dann öffnet ein großartiges Lächeln ihr Gesicht, und während ihm die Tränen in die Augen schießen, fragt er sich fassungslos, wie er all die Jahre ohne dieses Lächeln hat leben können. Es ist beinahe, als stünde sie mitten im Zimmer. Sie lacht ihn aus, wendet sich ab und läuft davon, die Kamera fängt an zu wackeln, läuft ein paar Schritte hinter ihr her, verliert sie und schwenkt danach pflichtbewusst über die Kolonnaden der Piazza San Pietro. Am unteren und oberen Rand des Bildes zeigen sich silbrig glimmende Streifen und breiten sich aus, Flämmchen umzüngeln die Kolonnaden, und als Michelangelos Kuppel erscheint, verbrennt sie weiß leuchtend im Bild, stürzt in ein Lodern und Flackern, das auf Vanessa übergreift, die nach einem Schwenk plötzlich wieder zu sehen ist für einen kurzen

Moment, winkend zwischen den Säulen, bevor sie in zuckenden Flammen verschwindet.

Michael hat die Kassette jahrelang unabgespult herumliegen lassen, sie auch vor der Fahrt mit Sebastian nach Düsseldorf nicht angesehen. Es überrascht ihn, dass die Zeit die Aufzeichnung beschädigt hat, vielleicht ist das Band im Lauf der Jahre brüchig geworden oder das Magnetfeld hat sich verflüchtigt, er weiß über die technischen Einzelheiten nicht Bescheid. Die Erinnerung verblasst, wie man so sagt, das Gedächtnis ist ein unzuverlässiger Zeuge, aber das Versagen des Speichermaterials, auf das er sich verlassen hatte, verstört ihn, diese flackernde Auslöschung auf dem Videoband. Wenigstens verändern Fotos sich nicht, wenn sie vor Licht geschützt sind. Auf dem gerahmten Bild, das einmal auf seinem Düsseldorfer Schreibtisch stand, bis er es zu dem Ehetagebuch in eine Kiste packte, windet sich Vanessa noch immer in nachahmender Verzückung vor der Heiligen. Das Bild steht auf dem Rauchglastisch neben der Schlafcouch. Manchmal nimmt er es vor dem Einschlafen in die Hand, erinnert sich an den Moment, den er damals mit einem kurzen Knopfdruck aus der Gegenwart geschnitten und für alle Zeit festgehalten hatte.

Auch die Schrift ist unvergänglich, Vanessas schlank nach rechts geneigte Buchstaben, die nicht immer leicht zu unterscheiden sind, h und k, m und n sehen einander sehr ähnlich, und sich in präzisen Girlanden über die Seiten des Tagebuchs ziehen, von gemeinsamen Erlebnissen während der Hochzeitsreise erzählend, Beobachtungen notierend oder Empfindungen und Träume: »Heute Nacht habe ich geträumt, ich wäre an das Fenster des Zimmers getreten, von dem aus sonntags um zwölf der Papst zu den Gläubigen spricht. Auf dem Petersplatz waren alle Menschen versammelt, denen ich jemals begegnet bin. Freunde, Verwandte, Schulkameraden, Kommilitoninnen, Arbeitskollegen, Urlaubsbekanntschaften, aber auch die Leute, denen man zufällig über den Weg läuft, der ganze Platz war voll, Tausende und Abertausende, man macht sich gar nicht bewusst, wie vielen Menschen man begegnet. Und um den Obelisk in der Mitte standen vereint die Liebhaber, die ich in meinem Leben hatte, nur mein frisch angetrauter Gatte fehlte. Ich schaute zum Fenster hinaus und suchte den Platz ab, aber ich konnte Michael nirgends entdecken. Was man für verrückte Sachen träumen kann – und jetzt schaust Du mir über die Schulter und liest, was ich schreibe. Was wirst Du jetzt bloß von mir denken, mein Geliebter, mein Freund, mein Ehemann? Ach Michael, nicht am Ohr knabbern, lass mich doch wei«

Die Eintragung bricht mitten im Wort ab, und obwohl er sich daran zu erinnern glaubt, dass Vanessa sie damals nicht wieder aufgenommen hatte, blättert er in dem Band nach vorn, in der Hoffnung, vielleicht doch eine Fortsetzung zu finden. Stattdessen stößt er auf eine Sentenz von

Goethe, die Vanessa aus dem Reiseführer abgeschrieben hatte:

Eine Welt zwar bist du, o Rom; doch ohne die Liebe
Wäre die Welt nicht die Welt; wäre denn Rom auch nicht Rom.

Am Ende der ersten Zeile stand von seiner Handschrift in großen Druckbuchstaben hinzugefügt: VANESSAS.

Er legt das Buch mit den vielen leeren Blättern, die sie für weitere Fahrten nach Rom aufgespart hatten, beiseite. Seit der Hochzeitsreise ist er nie wieder in der Ewigen Stadt gewesen, und er will auch nie wieder hin.

Das Videoband ist nicht gerissen, es sieht eigentlich ganz normal aus, allenfalls etwas wellig an den Rändern. Aber bei einem neuen Versuch kommt überhaupt kein Bild mehr zustande, kein Bild und kein Ton, nur das leise Schnarren der sich drehenden Spulen über einem sanften Rauschen und der Schnee auf dem Schirm. Er hätte rechtzeitig das Speichermedium wechseln und von VHS auf DVD umspielen müssen. Jetzt ist er allein auf sein Gedächtnis angewiesen, wenn er Vanessa in Bewegung sehen will, auf das Hirnkino mit seiner unzuverlässigen Wiedergabe der Vergangenheit. Wie er sie in den Armen hielt, als sie starb, wird er nie vergessen, aber der Preis dafür ist, dass dieses letzte Bild, das Standbild ihres Todes, alle anderen überlagert. Wenn er sich vorstellt, wie er in ihre Augen sieht, sieht er dort immer das Grauen, nie das erlösende Lächeln des Erkennens, wie vorhin auf dem Band, als sie sich zum letzten Mal zu ihm umdrehte. Und ihr Gesicht ist immer voll Blut, der Mund, das Kinn, die Zähne sind blutbesudelt. Ohne die Fotos, das gerahmte vor der heiligen Theresia und die anderen, aufbewahrt in einer Kiste, könnte er sich ihr Gesicht vielleicht gar nicht mehr vorstellen, es wäre blasser und blasser geworden über die Jahre und hätte sich eines Tages völlig verflüchtigt.

Er sitzt im Dunkeln, raucht, trinkt, hört Nancarrows Musik. Wenn die CD abgespielt ist, kehrt der Laser vollkommen geräuschlos zum Anfang zurück und beginnt von vorn. Die taube Stelle auf seinem linken Oberschenkel kribbelt. In all den Jahren ist sie nicht größer und nicht kleiner geworden, eine handtellergroße, gelblich-weiße Insel auf der Haut. Er setzt den Funkkopfhörer auf und nimmt die Musik mit nach draußen. Die Ampel schaltet in ihrem nächtlichen Takt, und falls fern die Pfauen schreien und die Löwen brüllen, kann er sie wegen der Musik nicht hören. Er bückt sich und stupst vorsichtig mit dem Zeigefinger in das Spinnennetz zwischen den Balkonstreben. Die Spinne flüchtet sofort an den Rand, zieht die Beine an den Leib, versucht, sich unsichtbar zu machen. Obwohl Michael glaubt, vorsichtig gewesen zu sein, war die von seinem Finger ausgelöste Erschütterung viel zu groß, um Beute im Netz zu signalisieren. Als er sich wieder aufrichtet, sieht er auf dem Nachbarbalkon Frau Bedell stehen.

Sie droht ihm mit dem Finger, und er geht rasch hinein, als hätte er sie nicht bemerkt.

Das Diktiergerät liegt neben dem Foto auf dem Couchtisch. Er nimmt es in die Faust, drückt mit dem Daumen die *Play*-Taste und hört im Stehen an, was er sich vor zwei Jahrzehnten zu sagen hatte. Im Stehen fällt es leichter, er hat seine Erfahrungen damit, wenn man steht oder herumgeht, zerfließen Zeit und Leben auf andere Weise als im Liegen, er kann das Diktat im Liegen nicht anhören, es drückt ihm das Herz ab. Durch ein kleines Fensterchen kann er sehen, wie sich die beiden Spulen der Mikrokassette drehen, und in einem zweiten, noch kleineren Fensterchen wandern drei winzige Zahlenrädchen umeinander. Es passen sechzig Minuten auf die Kassette, nicht viel größer als eine rechteckige Briefmarke. Wie viele Meter Pappstreifen hatte Nancarrow für sechzig Minuten Musik gebraucht?

Es sind nur wenige Minuten besprochen, vier oder fünf. Die Botschaft in die Zukunft, die nun Gegenwart geworden ist, hat er damals knapp formuliert. Er ist mit dieser Botschaft an sich selbst vertraut wie mit einem oft wiederholten Gebet, so vertraut, dass der Sinn nichts mehr, der Klang alles bedeutet. Er hört das Zittern in der Stimme, das mühsam unterdrückte Keuchen, als er schwor, für Vanessas Tod Vergeltung zu üben. Als die Stimme schweigt und nur noch das Rauschen des Bandes zu hören ist, schaltet er von *Play* auf *Record* und wiederholt alles Wort für Wort, sehr langsam, ganz ruhig und ohne Versprecher. Dann drückt er die Stop-Taste und legt das Gerät auf den Tisch mit den Zeitungsausschnitten. Mit der Waffe in der Hand tritt er vor den Spiegel im Badezimmer. Er fasst sie mit beiden Händen an und reißt die Arme hoch, blitzschnell wie das strickende Mädchen im Waschsalon.

Dritter Teil

1

Aus dem Motorroller für Florian wird nichts. Waltraud reagierte sehr heftig auf Sebastians Vorschlag, viel heftiger, als er befürchtet hatte. Sie ließ sich auf eine Diskussion, ob die Aussicht auf eine solche Maschine Florian in der Schule anspornen könne, überhaupt nicht ein, sondern warf Sebastian sofort Verantwortungslosigkeit vor, er wisse doch, in welcher Verfassung der Junge sei, unkonzentriert, leichtsinnig und öfter so durch den Wind, dass es geradezu mörderisch wäre, ihn mit einem Roller in den Frankfurter Verkehr zu schicken. Sebastian zuckte zusammen und machte keinen Versuch mehr, sie zu beruhigen, ließ die Tirade einfach über sich ergehen. Er solle sich nur mal vorstellen, dass Flori etwas passiere mit dem bescheuerten Roller, dann werde man sein Lebtag nicht mehr froh; und wie er überhaupt auf so eine Idee gekommen sei, und ob er dem Jungen etwa schon davon erzählt habe, oder stecke er gar mit ihm unter einer Decke, jedenfalls könnten sie sich die Sache aus dem Kopf schlagen, daraus werde nichts, nie und nimmer, nicht, solange sie für Florian verantwortlich sei.

Die Auseinandersetzung fand gestern Abend statt. Er

hatte lange gezögert, überhaupt mit dem Vorschlag herauszurücken, und hinter Waltrauds Rücken bei Kollegen mit halbwüchsigen Kindern nachgeforscht, ob es Mopeds oder Roller in der Familie gab. Dabei ahnte er schon, sie würde nicht damit zu beeindrucken sein, dass der Sohn oder die Tochter von diesem oder jener eine Maschine fahren durfte. Sie hatte ihm zornig an den Kopf geworfen: »Ich muss auf meine Kinder aufpassen, nicht auf die anderer Leute!« – das »meine« heftig betonend in kränkender Absicht, wie Sebastian glaubte. In kindischer Auflehnung erwog er zunächst, trotzdem ein Moped zu kaufen, dann eben nur für sich. Aber das ist nicht wirklich eine Möglichkeit. Wozu braucht er ein Moped? Um nach Bornheim zu fahren, wenn er mit Michael zum Dominospielen verabredet ist und das Taxi am Abend nicht hat? Oder um seine Unabhängigkeit unter Beweis zu stellen? Aber wozu soll er eine Unabhängigkeit unter Beweis stellen, die er, wenn er recht überlegt, gar nicht will? Oder aus Prinzip? Was für ein Prinzip! Das alles war den Konflikt mit Waltraud nicht wert.

Er läuft sich die Gedanken an das Moped und den gestrigen Streit aus dem Kopf, verbringt gegen seine sonstige Gewohnheit den Feierabend nicht im *Blauen Mond*, seiner Frau ein wenig zur Hand gehend, sondern wandert in der Stadt herum, ziellos, nur um das Gegrübel wegzulaufen, die Worte und Widerworte, die den ganzen Tag in ihm herumsummten wie der Refrain eines Ohrwurms. Es ist schon halb zehn, aber immer noch hell, ein schöner, frühsommerlicher Abend, nur die nächste Nacht wird noch kürzer sein, die Johannisnacht, für ihn die längste Nacht des Jahres. Aber daran denkt er jetzt nicht, er ist ganz von dem Streit mit Waltraud in Anspruch genommen, davon, ihre Worte endlich aus dem Kopf zu bekommen. Er läuft den Römerberg hinunter durchs Fährtor zum Main. Auf dem Eisernen Steg, der aufs Sachsenhäuser Ufer hinüberführt, stehen überraschend viele Menschen herum, nicht nur wie sonst einzelne verliebte Paare, die darauf warten, dass sich die untergehende Sonne in den Hochhausfassaden spiegelt und mit ihrem Schein den Fluss vergoldet. Im Näherkommen hört er seltsame Töne in unregelmäßigen Abständen, hell aufklingend wie Stein auf Metall, und außen an den vernieteten Trägern des Stegs sieht er kuriose Gebilde über dem Fluss hängen, die er nicht identifizieren kann, manche sehen aus wie Bienenkörbe über kreisrunden Scheiben, andere sind viel kleiner, wie Melonen, aber ebenfalls über kreisrunden Scheiben. Die Abfolge der Töne folgt keinem Muster, manchmal ist es, als rieselten sie in schneller Folge aus einem Gefäß, dann wieder klingen sie nur einzeln auf, wie die letzten Tropfen einer nie mehr zu hörenden Musik.

Die Töne tropfen aus Eis. Er begreift es, nachdem er den Steg erreicht hat und die Treppe hinaufgegangen ist. Im *Blauen Mond*, das fällt ihm jetzt ein, hatten sie über die

Installation gewitzelt, die jeden Tag erneuert werden muss, über dahinschmelzende Steuergelder, Musik für Millionen. Die bienenkorbähnlichen Gebilde bestehen aus Eis und sind durchsetzt mit kleinen Kieselsteinen. Das Eis schmilzt und gibt nach und nach die Steinchen frei, die auf darunter montierte Schlagzeugbecken fallen. Je nachdem, wie sie sich aus dem Eis lösen, purzeln die Kiesel auf die Metallscheiben, erzeugen einen Ton, einen einzigen Ton, prallen sofort wieder vom Metall ab und fallen hinunter in den Fluss, sie verschwinden einfach, nicht einmal ein Plätschern ist zu hören. Jeder Kiesel schlägt seinen eigenen Ton, je nachdem, wie viel er wiegt, wie seine Form beschaffen ist und wo er auf die Scheibe fällt. Ungefähr zehn kieseldurchsetzte Eiskugeln sind an jeder Seite des Stegs befestigt. Sie sind unterschiedlich groß, manche sind fast bis zum Kern abgeschmolzen, in dem die Kiesel besonders dicht im Eis sitzen, die Steinchen regnen nur so heraus, springen hintereinander eine Zufallsmelodie auf die Becken; bei anderen sind die Töne noch festgefroren und nur hin und wieder löst sich ein Kiesel, wird Klang und verschwindet im Fluss.

Hingerissen geht Sebastian den Steg entlang, lauscht dieser Musik des Zerfalls, die sich während des Sonnenuntergangs aus dem schmelzenden Eis löst. Die Leute sind leise, beinahe andächtig, stehen in Gruppen beisammen, manchmal flüstert jemand, aber die meiste Zeit herrscht Stille wie in einem Konzert. Schade, dass Waltraud nicht dabei ist. Sie würde es mögen. Ihre heftigen Worte sind wie weggeweht, er hat vollkommen vergessen, dass er diese Worte den ganzen Tag über nicht vergessen konnte. Wenn sie jetzt bei ihm wäre, würde er nach ihrer Hand greifen, und Hand in Hand würden sie an den Schlagbecken vorbeischlendern, den Steinchen zuhören, schweigen, über den Fluss blicken. Das Einvernehmen wäre zurückgekehrt, ein vertrautes, unbeschwertes Miteinandersein, wie er es bisher nur mit Waltraud erlebt hat, für ihn das kostbarste Geschenk, das es überhaupt gibt auf Erden. Es war natürlich nicht das erste Mal, dass es Streit zwischen ihnen gegeben hatte. Aber er tut beinahe alles, um ihn zu vermeiden, und so kommt es trotz des Temperaments von Waltraud nur selten zu einem Kräftemessen. Er kann es nicht ertragen, im Unfrieden mit ihr zu sein, es ist jedes Mal, als ob der Boden zu schwanken beginne und ein Abgrund sich auftue, als ob das kleine Glück, in das er sich flüchten, in das er sich retten konnte nach der Entlassung, sofort und vollständig zusammenbrechen würde. Da zieht er es bei weitem vor, nachzugeben, diesem überwältigenden, bösartigen Gefühl der Gefährdung auszuweichen, indem er auf Waltrauds Seite wechselt. Mögen manche Kollegen im *Blauen Mond* ruhig glauben, er stehe unter dem Pantoffel, und mag der raubeinige Kutscher mit der Lederschirmmütze ihn nur als Professor veräppeln, als Bücherwurm, der nicht weiß, wer in einer Ehe die Hosen anzubehalten hat. Sollen sie ihre Heldenrollen nur spielen und sich brüsten mit der Faust, die sie zu Hause angeblich oder wirklich auf den Tisch hauen. Ihm kommt es auf Sicherheit und Geborgenheit an, vor allem und in erster Linie auf Sicherheit und Geborgenheit. Wie soll man sonst leben? Für ihn ist die Liebe beinahe identisch mit der Geborgenheit. Nur noch ergänzt durch das bisschen Sex. Wenn Waltraud jetzt hier wäre, würde er sie umarmen im sich ausbreitenden Dunkel, in das immer noch die Steinchen purzeln. Und vielleicht würde er ihr erzählen, dass Florian einen Avatar programmiert und ins Internet gestellt hat – obwohl er selbst nichts davon versteht, weiß er doch, dass dazu schon etwas gehört, auch Konzentration und Ausdauer, und dass der Junge kann, wenn er will. Er hofft, dass Florian einen Teil seiner Bürde an diese Figur abgeben, sie losschicken kann ins Netz, beladen mit seiner Last. Wenn der Avatar im Netz sein Unwesen treibt, anstatt Florian im wirklichen Leben, wird es leichter für den Jungen, und für ihn und Waltraud auch. Er hat kaum eine Ahnung von diesen riesigen Play-Communities, in denen Tausende von Leuten auf verschiedenen Levels um den Zugang zur nächsthöheren Plattform kämpfen, um dort weitere Abenteuer zu suchen, deren Bestehen mit dem Zugang zu einem noch höheren Level mit noch schwereren Aufgaben belohnt wird. Der Junge hatte versucht, ihm den Kick plausibel zu machen, der mit diesen Spielen verbunden ist, besonders wenn man es zu einem Avatar bringt. Der lebt ewig, hatte Florian gesagt, auch wenn ich tot bin.

Im Klimpern der Kiesel spaziert er noch einmal den Steg entlang, bevor er sich entschließt, nach Hause zu gehen. Auf der Treppe schlängelt er sich durch einen Pulk plaudernder Leute, sie stehen eng beieinander, und er braucht eine Reihe energisch vorgebrachter Entschuldigungen, ein paar Mal auch den Ellenbogen, bis er sich durch die Gruppe gekämpft hat. Auf der untersten Stufe rutscht er plötzlich aus und stürzt kerzengerade nach vorn. Es geht so schnell, dass er nicht einmal Zeit hat, die Arme hochzureißen. Nur den Kopf biegt er instinktiv zurück, um die Brille zu schützen. Er fällt auf den Brustkorb und schlägt das Kinn an. Benommen bleibt er am Boden liegen, dreht sich nur auf die Seite und zieht die Beine zum Leib. Aber schon sind Leute um ihn herum, packen ihn unter den Armen und helfen ihm. Alle reden durcheinander, er schüttelt nur den Kopf, nichts passiert, nichts passiert, aber die Knie sind wackelig, ihm schwindelt, und damit er nicht zum zweiten Mal hinfällt, setzt er sich rasch auf die Treppe und legt die Stirn auf die Knie. Die Leute reden weiter auf ihn ein. Einer will sogar einen Krankenwagen rufen, sagt dauernd etwas von Gehirnerschütterung, damit darf man nicht spaßen, das kann richtig gefährlich werden. Sebastian kommt wieder auf die Füße. Sein Kinn fühlt sich feucht an, jemand drückt ihm ein Taschentuch in die Hand, und während er das Blut abwischt, spürt er, wie ihm der andere auf die Schulter klopft, wird schon wieder, ist nur eine Schramme, gebrochen scheint nichts zu sein. Er nickt, bedankt sich stammelnd bei seinen Helfern und macht ein paar wacklige Schritte, hält inne, reißt sich aber zusammen und geht langsam davon, mit hochgezogenen Schultern, die Blicke der Leute im Rücken. Hin und wieder tupft er mit dem Taschentuch das Kinn trocken. Es zieht ihn zum *Blauen Mond*, obwohl er weiß, es wäre besser, nach Hause zu gehen, sich einen kalten Umschlag zu machen, sich hinzulegen. Sein Schädel brummt, und in den Schläfen puckert es eigenartig, als würde ihm jemand unaufhörlich mit dem Zeigefinger auf die Ader klopfen, nicht sehr stark, aber unaufhörlich, unaufhörlich, und wenn er den Kopf zu schnell bewegt, schießt ihm ein stechender Schmerz durchs Hirn.

Als er die schwere Kneipentür halb aufzieht und sich an ihr vorbei nach innen drücken will, ist ihm für einen Moment, als würde alle Kraft ihn verlassen. Er taumelt hinein und stürzt beinahe zu Boden, kann sich im letzten Moment fangen und stolpert auf den Tresen zu, während in seinem Kopf das Weltall explodiert und am ganzen Körper der Schweiß ausbricht.

»Holla, heute hat der Professor aber geladen, hätte ich ihm gar nicht zugetraut.«

Er versteht den Sinn des Satzes nicht und blickt entsetzt in die lachenden Gesichter. Waltraud kommt um den Tresen geschossen, schnappt ihn am Arm und will ihn zu einem Tisch bugsieren.

»Keine gute Idee, hierher zu kommen, völlig breit wie du bist. Warst wohl mit deinem Michael unterwegs!«

Aber dann begreift sie plötzlich, dass er keine Fahne hat, und wird ganz blass. »Sebastian! Was hast du? Was ist denn passiert?«

Er hält sich an der Tresenstange fest und setzt sich auf einen Barhocker. Waltraud greift mit beiden Händen gleichzeitig über den Tresen, packt eine Wasserflasche und ein Glas, will das Wasser einschenken, aber er nimmt ihr die Flasche aus der Hand und trinkt in langen Schlucken, setzt ab und trinkt noch einmal. Als er den Kopf zurücklegt, sieht sie das blutige Mal am Kinn.

»Du bist in eine Schlägerei geraten, Menschenskind, Sebastian.«

In der Kneipe ist es plötzlich ganz still. Er stellt die Flasche ab und wischt mit dem Handrücken den Schweiß von der Stirn.

»Ich bin gestürzt. Am Eisernen Steg. Anscheinend habe ich eine Stufe verfehlt oder bin ausgerutscht, was weiß ich, jedenfalls lag ich in null Komma nichts auf der Nase – auf dem Kinn, genauer gesagt«, fügt er mit einem schiefen Lächeln hinzu. »Aber ich glaube, jetzt geht es wieder, mir ist nur noch ein bisschen plümerant.«

Sie sieht ihn halb misstrauisch, halb besorgt an und beschließt, ihm zu glauben. Der Vorbehalt entgeht ihm nicht. Mit einem Küchentuch, das sie hinter dem Tresen hervorgeangelt hat, tupft sie ihm die Schramme ab, ist aber nicht ganz zufrieden, und ohne nachzudenken spuckt sie in das Tuch, reibt vorsichtig an seiner Wunde herum, während sie ihn ermahnt, stillzuhalten, wie es Mütter machen, die kleinen Jungen den Dreck von den Backen reiben.

»Heile, heile, Gänsje«, ruft der Kutscher mit der Schirmmütze, dessen Namen sich Sebastian nie merken kann, und die Runde bricht erleichtert in Lachen aus, die Anspannung löst sich. Auch Sebastian muss lachen, aber nur ganz kurz, der aufzischende Schmerz in seinem Kopf lässt ihn Luft durch die Zähne ziehen. Waltraud fragt, wer Sebastian nach Hause fahren will, die Tour wird natürlich bezahlt. Der Mann mit der Ledermütze, Uwe Zink – eigentlich doch gar nicht so schwer zu merken –, übernimmt die kleine Fahrt.

Sie sprechen fast nichts miteinander in diesen zehn Minuten. Als Sebastian bezahlen will, lehnt Zink ab, die Uhr hat er erst gar nicht eingeschaltet. Er sieht ihn aufmerksam an und sagt: »Das mit dem Sturz glaubt dir kein Mensch, das ist dir doch klar?«

»Wie meinst du denn das?«

»Der andere hat bestimmt blutige Knöchel, wie der hingelangt hat.«

»Hör mal, ich will mich nicht mit dir rumstreiten. Von mir aus kannst du denken, was du willst. Meinst wohl, ich habe mich um ein Buch geprügelt.«

Zink fängt an zu lachen.

»Um ein Buch! Der war gut. Der war echt gut. Um ein Buch! Das werde ich gleich der Waltraud erzählen, dass du dich mit einem Luden wegen eines Buchs geprügelt hast. Vielleicht um ein Scheckbuch?«

Plötzlich wieder ernst, kommt er Sebastian zuvor: »Reg dich nicht auf, Professor, war nur ein Scherz. Wenn du am Eisernen Steg von der Treppe gefallen bist, dann bist du eben am Eisernen Steg von der Treppe gefallen. Ist schließlich kein Verbrechen.«

Er tippt ans Mützenschild, als sei Sebastian ein ganz normaler Kunde und habe gerade ein ordentliches Trinkgeld gegeben. Sebastian nickt bloß und steigt aus. Uwe Zink drückt beim Losfahren kurz auf die Hupe.

In der Wohnung ist es dunkel, nur unter der Tür von Florians Zimmer schimmert ein Streifen bläulichen Lichts. Er seufzt und klopft an die Tür, erst leise, aber dann mit Nachdruck. Als der Junge nicht reagiert, macht er gereizt die Tür auf. Florian sitzt im Dunkel am Computer, den Kopfhörer über den Ohren, völlig in sich versunken, oder eher völlig außer sich, aber auf eine ruhige, konzentrierte Weise, ganz den Gegenwelten hingegeben, die alles sein dürfen, nur nicht wie die Wirklichkeit. Er weiß nicht, was er machen soll, Florian gehört ins Bett. Wie kann er diesen kleinen Odysseus vom Mast schneiden? Der Junge hat ihn immer noch nicht bemerkt, und er bleibt in der Tür stehen, sieht zu ihm hinüber und wartet, wartet auf irgendetwas, hat schon die Hand am Lichtschalter, um mit einem raschen Ein-Aus den Jungen unter dem Kopfhörer hervorzuholen, ohne ihn zu erschrecken – plötzlich erinnert er sich, wie erniedrigend das Abschalten der Haftraumlampe durch die Wärter allabendlich für ihn gewesen war, wenn sich die befohlene Dunkelheit über die Seiten eines Buches legte, in das er auf der Pritsche liegend geflohen war. Jeden Abend gelang es ihm zu entweichen, und jeden Abend wurde er brutal in die Zelle zurückgezwungen. Er bringt es nicht fertig, Florian aufzuscheuchen, geht hinaus und zieht leise die Tür hinter sich zu. Mag Waltraud nur schimpfen, wenn sie um Mitternacht nach Hause kommt und ihren Sohn immer noch vor dem Computer hockend findet. Florian dreht sich auf dem Rollstuhl um die eigene Achse und sieht nachdenklich zur sich schließenden Tür. Aber das bekommt Sebastian nicht mehr mit.

Er geht ins Badezimmer, putzt sich die Zähne, wäscht sich vorsichtig das Gesicht. Trotzdem beginnt die kleine Wunde am Kinn wieder zu bluten. Er reißt Fitzelchen vom Klopapier ab und klebt sie aufs Kinn. Manchmal macht er das, wenn er sich beim Rasieren geschnitten hat, um das Blut schneller zu stillen. Es sieht albern aus, funktioniert aber ganz gut. Mit einem Mal wird ihm der Schmerz im Brustkorb bewusst, ein drückender, umklammernder Schmerz, der stechend wird, wenn er zu tief atmet und die Lunge sich dehnt. Er zieht Hemd und Unterhemd aus. Sehen kann man nichts, keine blauen Flecken, keine Blutergüsse. So schlimm kann es nicht sein. Aber schließlich ist er ohne Abfederung auf die Brust gefallen, er kann sich darauf einrichten, dass es ein paar Tage dauert, bis der Schmerz nachlässt. Wenigstens tut ihm der Kopf nicht mehr so weh, und das flaue Gefühl im Magen hat sich verflüchtigt. Er ist morgen Abend zum Dominospielen verabredet, wieder in dieser Bornheimer Gartenwirtschaft, in die Michael ganz vernarrt ist. Sebastian würde lieber woanders hingehen, das Lokal ist viel zu eng mit Waltraud verbunden. Sie waren oft dort in der ersten Zeit, als sie einander kennen lernten. Aber er hat es Michael nun mal gezeigt. Das war ein Fehler, jetzt lässt sich daran nichts mehr ändern.

2

Die Waffe ist von einem dunkel schimmernden, beinahe schwarzen Grau, eine Browning Kaliber 7,65. *Made in Czech Republic* ist in kleiner Type in den Lauf gestanzt. Über dem geriffelten Griff, in dem das Magazin steckt, senkt sich sanft eine Mulde nach innen als Führung des Zeigefingers, der beim Abdrücken nicht verrutschen darf. Die Pistole liegt gut in der Hand. Sie lässt sich ganz leicht mit dem Daumen entsichern, fast wie bei der *Play*-Taste des Diktiergeräts. Michael kann sie aus der Jackentasche ziehen, wenn es so weit ist, und noch in der Bewegung die Sicherung lösen.

Sie sind auf dem Bahnsteig der U-Bahn-Station Merianplatz verabredet, um gemeinsam zu ihrer Lieblingswirtschaft oben in Bornheim zu fahren. Aber so weit kommen sie vielleicht gar nicht, vielleicht bringt Michael es schon in der Station hinter sich, oder er steht die Fahrt durch und wartet, bis sie die letzten Meter zum Wirtshaus gehen, und schießt Sebastian auf der Straße nieder. Das Wie und Wo ist nicht mehr wichtig, seitdem er die Chance auf einen rituellen Rachemord während der Fahrt nach Düsseldorf verpasst hat. Er wird ihn einfach abknallen, ihm von hinten in den Rücken schießen, sich zu ihm hinabbeugen, die Waffe an die Schläfe setzen und noch einmal abdrücken. Dann wird er Sebastian die Pistole auf die Brust werfen und fortgehen. Irgendwann wird er vor Gericht stehen. Der Staatsanwalt wird von Heimtücke sprechen, der Verteidiger mühsam versuchen, ein Verbrechen aus Leidenschaft zu konstruieren, ein psychiatrischer Gutachter womöglich eine unbewältigte posttraumatische Störung diagnostizieren und daran erinnern, dass der Angeklagte erst die nach der Ermordung seiner Frau begonnene Therapie und dann sein ganzes damaliges Leben abgebrochen habe. Er selbst wird nichts sagen und keine Fragen beantworten. Er wird aufstehen, wenn das Gericht in den Verhandlungssaal kommt, sich hinsetzen, schweigen und erneut aufstehen, wenn das Gericht den Verhandlungssaal wieder verlässt. Aber vielleicht wartet er das alles gar nicht ab, vielleicht nimmt er den Lauf in den Mund, nachdem er Neubert getötet hat.

Er legt eine Nancarrow-CD ein und startet den Spieler, bevor er das Appartement verlässt. Sein kleiner Trick funktioniert, und Frau Bedell kommt nicht an ihre Tür geeilt. Er hört den Pudel winseln, als er an ihrer Wohnung vorbeischlüpft, und als das Tier zu bellen beginnt, macht er einen kurzen Spurt die Treppe hinab zum Hauseingang. Sie wollen sich gegen acht auf dem Bahnsteig treffen. Er ist früh dran und macht den Weg zu Fuß, hängt die Jacke mit der Pistole in der zugeknöpften Innentasche über eine Schulter und streift noch ein wenig herum. Er denkt nicht daran, dass noch an diesem Abend sein Leben in Freiheit zu Ende gehen wird, er denkt an überhaupt nichts, lässt sich einfach treiben, genießt die Leere, die ihn auszufüllen beginnt. »Jeder ist niemand«, hatte das Mädchen gesagt, das ihm die Waffe besorgte. Er weiß genau, was sie meinte, und sie hat vollkommen Recht.

Kurz vor acht zieht er die Jacke ordentlich an, knöpft die Innentasche auf und fährt mit der Rolltreppe zur U-Bahn-Station hinunter. Er geht an der Bahnsteigkante auf und ab und wartet auf Sebastian. Dann sieht er auf einmal das strickende Mädchen aus dem Waschsalon auf einer Bank sitzen. Diesmal hat sie das Wollknäuel im Schoß. Ihre Knie schauen aus der zerfaserten Jeans und wippen, obwohl sie keinen Kopfhörer im Ohr hat. Er geht langsam an der Bank vorbei. Sie hebt die Augen und blickt ihn ausdruckslos an, ohne mit dem Stricken innezuhalten. Anscheinend erkennt sie ihn nicht.

Als er seinen Weg an der Bahnsteigkante wieder aufnimmt, fällt sein Blick auf die Uhr, und er bleibt wie angewurzelt stehen. Sebastian hält die Verabredung nicht ein! Es ist zehn nach acht. Sonst kommt er lieber fünf Minuten zu früh als eine Minute zu spät. Michael beißt die Zähne zusammen, nimmt erneut den Pendelgang auf und zwingt sich, nicht dauernd zur Uhr zu sehen. Ein Zug braust heran, verringert die Geschwindigkeit, hält aber nicht, sondern gleitet langsam durch die Station, wie in Zeitlupe, hell erleuchtet, menschenleer. Michael bleibt kurz stehen und sieht dem Zug nach. »Betriebsfahrt« steht hinter einem Fenster an der Oberseite des letzten Waggons. Er wirft einen Blick auf die Uhr, geht weiter und spürt, wie die Muskeln am Kiefer hart werden. Es tut weh. Er öffnet den Mund und schiebt den Unterkiefer hin und her. Um zwanzig nach acht kommt Sebastian die Rolltreppe herabgeeilt, schon von weitem winkend und unten angekommen den Schritt noch einmal beschleunigend, bis er atemlos vor Michael stehen bleibt: »Gott sei Dank, du bist ja noch da. Entschuldige bitte, dass ich mich verspätet habe.«

Aufgeregt schwenkt er das braune Kästchen mit den Dominosteinen. »Und schau nicht so grimmig. Es tut mir Leid.«

»Ist schon gut. Ich dachte nur schon, du kommst nicht, wo du sonst immer so pünktlich bist.«

»Ich wollte wirklich absagen. Aber du bist nicht rangegangen, hast das Handy wohl ausgeschaltet.«

Er deutet auf die Ausbeulung an Michaels Jacke.

»Mir ist irgendwie mulmig. Wahrscheinlich eine Gehirnerschütterung, ich habe mich gestern geprügelt.«

Er tupft mit dem Zeigefinger kurz an eine verschorfte Schramme am Kinn.

Michael fragt wie aus der Pistole geschossen: »Im *Blauen Mond*?«

»Nein, aber davor. Ich hatte Streit mit einem Kollegen, vielleicht ist er dir damals aufgefallen, als wir Kaffeetrinken waren, er trägt immer eine lederne Schirmmütze. Wir gerieten in Streit, und als Waltraud genug hatte, schickte sie uns vor die Tür. Natürlich dachte sie, die Sache wäre damit erledigt. War sie aber nicht. Wir sind wirklich rausgegangen.«

»Du prügelst dich herum? Das hätte ich nicht gedacht.«

»Jetzt sieh mich nicht so entsetzt an. Ist dir so etwas noch nie passiert, eine Handgreiflichkeit?«

»Nein. Das heißt: Doch, einmal, in Berlin. Ich habe jemandem ins Gesicht geschlagen.«

»Das hast du mir noch gar nicht erzählt.«

Sebastian lacht, zuckt aber sofort zusammen und fährt sich an die Schläfe. Dann tippt er Michael an die Schulter, wie er es manchmal macht, obwohl er weiß, dass Michael das nicht mag, und platzt heraus:

»Ich habe mich nicht geprügelt, das war nur ein Spaß, ich bin gestürzt, gestern Abend, bin am Eisernen Steg ausgerutscht.«

Michael blickt ihn hasserfüllt an, und Sebastian hört auf zu lächeln.

»Jedenfalls fühle ich mich unwohl und hätte dir abgesagt, wenn ich dich erreicht hätte. Aber da ich schon mal hier bin, können wir auch spielen.«

Er nimmt das Kästchen in beide Hände und hebt es

bis zur Brust wie eine Gabe. Einen winzigen Moment lang zögert Michael, dann zuckt er die Schulter und nickt. Schweigend stehen sie an der Bahnsteigkante und warten auf den nächsten Zug. Er scheint sich zu verspäten. Einige Leute murren, dass man dumm rumstehe und nicht Bescheid wisse, was los ist. Kommt jetzt ein Zug oder kommt er nicht? Dann erfahren die Leute, dass er nicht kommt. Eine Lautsprecherdurchsage informiert, dass wegen technischer Probleme der nächste fahrplanmäßige Zug ausfällt und der übernächste voraussichtlich zehn bis fünfzehn Minuten Verspätung hat: »Vielen Dank für Ihr Verständnis.« Die Zahl der Wartenden auf dem Bahnsteig nimmt zu. Die Rushhour nach Büroschluss in der City ist vorbei, trotzdem sammeln sich nach und nach wartende Menschen an, manche stellen sich ergeben hinter die Reihen an der Bahnsteigkante, andere versuchen, sich nach vorne zu drängen, um auf jeden Fall den nächsten Zug zu erreichen. Michael und Sebastian stehen am Ende des Bahnsteigs, Schulter an Schulter in der ersten Reihe. Die meisten Fahrgäste sind nach ihnen gekommen, haben sich allmählich zu Pulks verdichtet und rücken jetzt, da es voller und voller wird, immer enger zusammen. Sebastian tritt unbehaglich auf der Stelle, seine Schulter stößt dabei an die Schulter von Michael, der nicht reagiert und ins Gleisbett starrt, als suche er etwas. Sebastian zieht die Luft ein und atmet geräuschvoll aus. Dann schlägt er vor, aufzugeben: »Die vielen Leute machen mir zu schaffen.«

Michael dreht nur kurz den Kopf, und während er sich schon wieder abwendet, sagt er kalt:

»Na hör mal, ich warte seit fast einer Stunde, erst auf dich, jetzt auf den Zug. Lass uns die paar Minuten noch aushalten.«

»Okay, es kann ja wirklich nicht mehr lange dauern. Hauptsache, ich komme bald hier raus.«

Er hebt die Arme, dreht die Handflächen nach oben und stößt dabei aus Versehen gegen die Zeitung des Wartenden neben ihm. Der Mann sieht ihn über die Seiten hinweg streng an und hebt die Brauen, Sebastian murmelt eine Entschuldigung. In der Ferne ist ein dunkles Grollen zu hören, das rasch näher kommt.

»Endlich«, stöhnt Sebastian und sieht Michael von der Seite ins Gesicht, der es nicht bemerkt und weiter abwesend auf die Schwellen starrt. Der Zug rast aus dem Tunnelschacht, im selben Moment hört Michael direkt hinter sich einen scharfen, trockenen Knall, wie ein Schuss. Er duckt sich blitzschnell zur Seite und rempelt die Frau an, die neben ihm steht. Sie schreit. Auf einmal schreien alle um ihn herum. Sebastian liegt plötzlich unten im Gleisschacht, das braune Kästchen liegt offen im Schotter, überall sind Dominosteine verstreut. Der Zug braust heran, rasend schnell, unendlich langsam, rutscht mit heulender Hupe und durchdringend quietschend in einer Vollbremsung auf Sebastian zu – die Zeit dehnt sich aus wie bei einer Explosion, und auch die Augen Sebastians dehnen sich aus in ohnmächtigem Entsetzen, er ist jetzt an der Brüstung des Schachts, ein Bein auf einer Schwelle, das andere schon auf der Bahnsteinkante, aber der Zug ist zu schnell. Michael sieht in die Augen des Mörders, er sieht die grünen Pupillen leuchten vor Panik und sich weiten zu einem letzten Blick, das Grauen schimmert aus diesen Augen zu ihm empor, das unerträgliche Flehen am Abgrund. Und dann sieht er riesig groß den Zug herankommen, und alles seit dem Knall ist in einer Zeit geschehen, in der sich kaum drei Mal einundzwanzig sagen lässt, und plötzlich reißt er sich los von diesem Blick, bückt sich, packt den Arm, den Sebastian hochgestreckt hat, und zerrt den Feind mit einem heftigen Ruck über die Brüstung des Schachts auf den Bahnsteig, nicht die Hälfte einer Sekunde zu früh. Der Zug gleitet schrill mit dampfenden Bremsen vorbei. Die Leute um sie herum schreien immer noch, es ist ein Riesentumult, und Michael sieht, wie eine Gruppe den Gürtelmann umzingelt hat, sie trauen sich nicht an ihn ran, er schlägt wie rasend um sich, die Umzingelung weitet sich im Schwungkreis des Gürtels, aber sie lassen den Mann nicht entkommen. Sebastian liegt auf den Knien, den Oberkörper mit den Händen abgestützt, und erbricht sich keuchend. Michael steht versteinert daneben, ohne sich zu rühren, durchscheinend bleich wie der Tod, seine Lippen heben sich nicht mehr vom Gesicht ab, die Ohrmuscheln sehen aus wie Perlmutt. Er beginnt zu schwanken, und während er zusammenbricht, sieht er durch eine Lücke in der Menge immer noch das Mädchen auf der Bank sitzen und stricken.

Vierter Teil

1

Aus einem der gekippten Fenster im ersten Stock des Hauses in der Wittelsbacher Allee klingt eine bizarre Musik aus klimpernden Tönen, tröpfelnd, ein Ton nach dem anderen, es erinnert Sebastian an die Kieselsteinmusik am Eisernen Steg, aber dann, ganz plötzlich, ohne jeden Übergang, bricht ein Sturm aus Tönen los, Töne in aberwitziger Geschwindigkeit, die keines Pianisten Finger und Fäuste hervorbringen könnten, und genauso plötzlich herrscht Ruhe nach dem Sturm, bevor zart, sanft, selig eine pastorale Melodie angespielt wird, in die nach wenigen Takten eine sprudelnde Kaskade bricht und erneut zum Chaos explodiert: Musik zum Wahnsinnigwerden.

Sebastian ist noch nie in Michaels Wohnung gewesen. Es gehört zu ihren stillschweigenden Übereinkünften, dass sie einander nur auf öffentlichem Terrain begegnen. Michael sträubt sich sogar, den *Blauen Mond* aufzusuchen, was Sebastian nicht unrecht ist, seit Waltraud zugegeben hat, dass sie »seinen Michael«, wie sie immer sagt, nicht ausstehen kann. Sie wisse auch nicht, warum, der Mann habe ihr schließlich nichts getan, aber manchmal spüre man eben eine Abneigung gegen wildfremde Menschen und könne nichts dagegen machen. Außerdem sei diese Freundschaft sowieso etwas merkwürdig.

»Wieso merkwürdig«, hatte Sebastian gefragt, »wir spielen regelmäßig Domino miteinander, was soll daran merkwürdig sein?«

»Frag mich nicht, aber wenn man euch zusammen sieht, weiß man nie, ob ihr Freunde oder Feinde seid.«

Jetzt geht er auf Waltrauds Wunsch zu Michael, um ihn zu ihrem Geburtstagsfest im *Blauen Mond* einzuladen. Sie möge ihn immer noch nicht besonders, meinte sie, aber schließlich habe er ihm das Leben gerettet, und sie möchte ihm danken, gerade wegen ihrer Abneigung, oder als Wiedergutmachung, manchmal sei es eben notwendig, über den eigenen Schatten zu springen, was Recht ist, müsse Recht bleiben.

Am Telefon hätte Michael ihn abgewimmelt, da ist er sicher, aber wie es jetzt ausgeht, wenn er ohne Ankündigung auf einmal vor ihm steht, kann er nicht einschätzen. Sie haben einander seit dem Zwischenfall auf dem Bahnsteig vor zwei Wochen nicht mehr gesehen, Michael war bei den beiden Anrufen Sebastians sehr zurückhaltend gewesen, beinahe abweisend, wich einer neuen Verabredung zum Dominospielen aus, versprach, sich zu melden, und meldete sich nicht.

Es hatte großen Tumult im U-Bahnhof Merianplatz gegeben. Alles lief und schrie durcheinander, unberechenbar, chaotisch, die Menschen waren fast wie die Töne dieser Musik, die aus den gekippten Fenstern im ersten Stock kommt. Es bildeten sich zwei Kreise aus entsetzten und aufgeregten Leuten, ein großer, sich ausdehnender und wieder zusammenziehender um den Rasenden mit dem Gürtel, und ein etwas kleinerer, drängenderer um ihn und Michael, der neben ihm zusammengebrochen war. Ihn selbst zogen die Leute auf die Beine, und während er noch den Speichel vom Mund wischte und mit dem Handrücken über die schweißkalte Stirn fuhr, kam auch Michael wieder zu sich und rappelte sich hoch, von Helfern gestützt. Er wollte irgendetwas zu Michael sagen, irgendetwas, er kann sich nicht einmal erinnern, ob es ein Dank war, aber er kam nicht dazu, weil der Verrückte anfing zu schreien, »Duda! Duda! He, duda«, immer wieder, und mit dem Gürtel in der Hand deutete er auf Michael, als sei er es gewesen, der Sebastian in den Schacht gestoßen hatte, nicht der rasende Irre, der nun, da er gebannt auf Michael zeigte und den Gürtel nicht mehr über dem Kopf schwang, überwältigt werden konnte. Als die Leute über ihn herfielen, war er eine Zeit lang nicht mehr zu sehen, nur sein Brüllen hallte im Bahnhof, und nachdem sich der durcheinander schreiende, zuckende Haufen beruhigt hatte und wieder zum Kreis wurde, hielten ihn ein paar kräftige Kerle an den Armen fest, einer hatte die Hände um die Stirn des Mannes gelegt und drückte den Kopf nach hinten. Der Gürtel lag auf dem Boden. Der Mann brüllte nicht mehr, winselte nur noch kläglich wie ein verwundetes Tier, und nach einigen zappelnden Versuchen, sich freizuwinden, gab er plötzlich auf und hing schlaff in den Fäusten seiner Bändiger. Sicherheitsleute kamen herbeigerannt, nahmen ihn der Menge weg, legten ihm Handschellen an und schafften ihn fort. Der Zug stand immer noch auf dem Gleis, die Türen verriegelt. Eine Durchsage erklärte, die Weiterfahrt sei nicht möglich und die Station vorübergehend geschlossen. Dann wurden die Türen freigegeben, und nachdem die Lautsprecher befohlen hatten: »Alle aussteigen, der Zug endet hier, bitte alle aussteigen!«, drängten die Passagiere aus den Waggons auf den vollen Bahnsteig. Sebastian hörte, wie im Gedränge jemand sagte:

»Ein Selbstmordversuch, jemand hat sich vor die U-Bahn geworfen.«

»Schrecklich, so etwas.«

Eine andere Stimme fuhr dazwischen: »Können sich die Leute nicht zu Hause umbringen, anstatt den ganzen Verkehr lahmzulegen!«

Eine weibliche Stimme rief: »Sie sind aber herzlos!«

»Und Sie sentimental.«

Eine weitere Frau mischte sich ein: »Es war kein Selbstmord. Jemand wurde vor den Zug gestoßen.«

»Was Sie nicht sagen!«

»Ich habe es doch gesehen, wie der Mann plötzlich auf den Gleisen war und die Brüstung hoch wollte. Erst im allerletzten Moment wurde er herausgezogen.«

»Das habe ich auch gesehen. Von dem Mann, der ihn aus Versehen angerempelt und reingeschubst hat.«

»Nein, nein, von dem Verrückten da hinten.«

»Man sollte sich nie zu nah an die Kante stellen. Bei dem, was heutzutage alles frei herumläuft. Besoffene Penner, Dealer und die ganzen Durchgeknallten, das sind doch Verrückte, die gehören allesamt weggesperrt, aber darum kümmert sich keiner, die werden einfach auf die Leute losgelassen.«

»So ein Unfall kann immer passieren, das ist furchtbar, aber es gibt eben keine absolute Sicherheit.«

»Wenn ich Ihnen doch sage: Das war kein Unfall!«

»Also ich habe das anders gesehen.«

»Na Sie, Sie haben überhaupt gar nichts gesehen, und das habe ich gesehen.«

»Was erzählen Sie denn da. Ich stand die ganze Zeit auf dem Bahnsteig und habe genau beobachtet, wie der Mann, der ihn runterstieß, ihn auch wieder hochgezogen hat.«

»Nichts haben Sie gesehen. Das war der Verrückte, der stand direkt hinter ihm und hat ihm den Stoß verpasst.«

»Und was war mit dem Schuss, hat nicht jemand geschossen?«

Sebastian hörte die Stimmen in der Menge, konnte sie

aber den verschwimmenden Gesichtern um sich herum nicht zuordnen. Er war immer noch benommen und stand mit grünlichem Gesicht neben Michael, der zitternd die Hand aufs Herz presste und versuchte, das Atmen unter Kontrolle zu bekommen.

Sie wurden von FVV-Angestellten durch die Menge bugsiert und in ein kleines Büro gebracht. Es wurden ihnen Zigaretten angeboten. Michael schüttelte den Kopf, aber Sebastian griff in die Schachtel; er hatte den Geschmack nach Erbrochenem im Mund und wollte ihn mit Rauch fortspülen. Als die Polizei kam, verließen die U-Bahn-Leute das Büro, um Michael und Sebastian in Ruhe ihre Aussagen machen zu lassen. Beide berichteten von dem Knall, den sie gehört hatten, unmittelbar vor Sebastians Sturz auf das Gleisbett. Aber weder Michael noch Sebastian hatten den Mann mit dem Gürtel hinter sich gesehen in diesem Moment, alles war viel zu schnell gegangen. Es könne jedoch sein, erklärte Michael überraschend, dass der Mann eigentlich ihn und nicht Sebastian in den Schacht hatte stoßen wollen. Als die Polizisten fragten, ob er den Mann kenne, sagte er, dass er ihn noch nie gesehen habe und auch nicht wisse, warum der Mann auf ihn gezeigt habe, immer sein »Duda« herausschreiend. Er sei bestimmt psychisch krank, und vermutlich erinnere Michael ihn im Wahn an jemanden, vielleicht an jemanden, der ihn einmal gekränkt oder verletzt habe. Die Polizisten bestellten sie für den nächsten Tag zu verschiedenen Zeiten aufs

Revier, damit sie ihre Aussagen zu Protokoll geben konnten. Nachdem alles durchgestanden war, wurden sie über den Bahnsteig nach oben eskortiert. Der Fahrbetrieb war wieder aufgenommen worden, es standen aber immer noch viele Leute herum. Sebastian und Michael hatten seit dem Zwischenfall nicht mehr direkt miteinander gesprochen. Schweigend gingen sie zwischen den Polizisten die Treppe empor. Auf der Straße trennten sie sich ohne Umstände, Sebastian fand nicht einmal Gelegenheit, sich zu bedanken, so rasch wandte Michael sich ab und ging davon. Während Sebastian hinter ihm hersah, begriff er plötzlich, dass er um ein Haar das Leben verloren hätte, er begriff es zum zweiten Mal, und anders als auf dem Bahnsteig schien sein Verstand kühl neben ihm zu stehen, bevor ihm erneut schlecht wurde, sein Magen sich zusammenkrampfte und Bitteres durch die Speiseröhre in den Mund schoss. Er spuckte aus und fürchtete, sich noch einmal übergeben zu müssen. Während er gegen den Brechreiz kämpfte, rechnete ihm sein Verstand ganz unbeteiligt vor, was für ein bizarres Glück er gehabt hatte: nicht nur, weil Michael im letzten Moment sein Retter geworden war, sondern auch, weil er in den Gleisschacht gestürzt war und nicht Michael. Was würde wohl passieren, wenn es andersherum gekommen wäre? Ein Vernehmungsbeamter müsste nur routinemäßig »Sebastian Neubert« in den Polizeicomputer tippen, das würde genügen. Jemand wird vor einen einfahrenden Zug gestoßen, und der Mann neben ihm an der Bahnsteigkante ist ein aus der Haft entlassener Mörder.

Die Haustür steht offen, trotzdem sucht Sebastian auf der Klingelanlage nach dem Namen »Michael Stein« oder nur »Stein«. Er kann weder das eine noch das andere finden. Aber ein Schildchen, es ist das neben dem mit »Bedell«, ist unbeschriftet, das wird es wohl sein. Ohne zu klingeln tritt er in den mit Prospekten übersäten Flur und steigt die Treppe hinauf. Im ersten Stock biegt er vom Treppenabsatz in den Hausflur, und als ihm von dort wieder diese verrückte Musik entgegenkommt, die ihn anzuspringen scheint, begreift er, dass die Fenster, durch die er sie unten gehört hat, zu Michaels Wohnung gehören müssen. Er atmet durch und wird sich im gleichen Moment bewusst, dass es ihm lieber gewesen wäre, Michael nicht anzutreffen. Hinter der ersten Wohnungstür, die ein Schild mit geschwungenem »Bedell« ziert, hört er einen Hund winseln, und als er die hintere Tür erreicht hat, drückt er auf den Klingelknopf, ohne nach dem Namen zu sehen. Wie schon einmal bricht in das Chaos plötzlich Stille, in die eine tändelnde Melodie klingt, durch die das Klingeln ganz deutlich zu hören ist. Der Hund nebenan beginnt zu bellen, und im erneuten Anschwellen der Musik öffnet sich die Tür der Nachbarwohnung. Ein unförmiges Geschöpf drängt sich an die Beine einer alten Frau, unentschlossene Laute zwischen Knurren und Bellen von sich gebend. »Keine Angst, der tut nichts«, sagt die Frau und sieht ihn mit einem sonderbaren Blick an. »Kann ich Ihnen helfen?«

»Guten Tag. Danke. Ich möchte zu Herrn Stein. Er scheint ja zu Hause zu sein.«

»Das kann man nie wissen. Manchmal läuft die Musik, falls man den Krach so nennen kann, obwohl der Herr Nachbar nicht da ist.«

»Aha, Sie wissen wohl genau Bescheid.«

»Allerdings, junger Mann! Das ist auch nötig. Heutzutage!«

»Kennen Sie Herrn Stein näher?«

»Näher, ferner, wer kann das schon wissen. Es kommt vor, dass man jemanden kennt, den man gar nicht kennt. Und Sie?«

»Mir geht es womöglich genauso.«

»Ich habe nicht gesagt, dass es mir so geht, sondern nur, dass so etwas vorkommen kann.«

Sebastian nickt beschwichtigend, sagt aber lieber nichts. Michael hat ihm beim Dominospiel von der kuriosen Nachbarin erzählt, sogar die Geschichte mit dem Glasauge. »Die hat den bösen Blick«, meinte Michael damals lachend, »ist in Wahrheit aber sehr nett. Wenn nur dieser schreckliche Pudel nicht wäre.«

Sebastian nutzt eine abschwellende Stelle in der Musik, um noch einmal zu klingeln. Der Hund beginnt wieder zu bellen. Die Tonfolge reißt ab, und unwillkürlich erwartet

Sebastian das Einsetzen der kleinen, tückisch beruhigenden Melodie. Sie bleibt aus, stattdessen ist hinter der Tür das Scheppern einer Flasche zu hören und eine Stimme, die brummend näher kommt. Die Nachbarin hat davon nichts bemerkt. Aber sie harrt auf ihrem Posten aus, genau wie der Pudel, der immer noch aufgeregt mit dem Schwanz wedelt und abwechselnd knurrt und bellt, aber nur leise, als wolle er Kraft sparen. Die Tür wird geöffnet – Sebastian erschrickt beim Anblick Michaels: Seine Augen sind gerötet, das Gesicht ist unrasiert und sehr blass, der Adamsapfel geht unter den grauen Stoppeln am Hals auf und ab. Michael bringt keinen Gruß über sich und sagt nur müde: »Ich habe mir gedacht, dass du früher oder später hierher kommen würdest.«

Er packt Sebastian am Arm und zieht ihn in die Wohnung. Sie hören, wie die Nachbarin empört ihre Tür zuschlägt.

»Was willst du, warum stöberst du mich auf?«

Sebastian sieht eine leere Whiskeyflasche auf dem Boden liegen. Auf einem Beistelltisch steht ein dickwandiges Glas mit dem Rest eines Drinks. Neben dem Glas ist ein kleiner Stapel mit Büchern, auf dem ein Fotorahmen liegt, mit der Sichtseite nach unten, die Rückstütze mit dem Bändchen ragt seltsam in die Luft, es sieht traurig und verloren aus. Der Verkehrslärm ist so laut, als würde man unten an der Straße stehen. Gerade fährt klingelnd eine Bahn vorbei.

»Mir ist nie aufgefallen, dass du stark trinkst. Hast du dich deshalb nicht mehr gemeldet?«

»Ich trinke nicht – nur zu besonderen Anlässen.«

»Deine Wohnung habe ich mir ganz anders vorgestellt.«

»Das kann ich mir denken, wie die von einem Geschäftsmann. Und wie stellst du dir die Wohnung eines Geschäftsmannes vor?«

»Kann ich mich setzen?«

»Ja, ja, setz dich. Setz dich aufs Sofa.«

Michael nimmt das Glas und den Fotorahmen und bringt beides zum Schreibtisch, der mit Papieren und Zeitungsausschnitten übersät ist. Sebastian sieht, dass unter dem fortgenommenen Rahmen als erstes Buch auf dem Stapel *Die Speed Queen* zum Vorschein kommt; er starrt auf das Cover, während Michael mit dem Glas in der einen und dem Rahmen in der anderen Hand zum Schreibtisch hinübergeht. Ein komischer Zufall, dass Michael dieses Buch liest. Mit der Fahrt nach Düsseldorf bringt er es nicht in Verbindung, er hat vergessen, dass der Roman damals im Taxi auf der Mittelkonsole lag. Michael stellt das Glas ab und legt den Rahmen hin, wieder mit dem Rücken nach oben. Dann schiebt er die Zeitungsblätter auf der Platte zu einem Haufen zusammen, deckt ihn mit einem großen Pappumschlag ab und beschwert alles mit dem altertümlichen Diktiergerät, das Sebastian seinerzeit aus der Aktentasche gezogen hatte. Jetzt achtet er nicht darauf, vor lauter Verwunderung über den Roman, den er am liebsten in die Hand nehmen und aufschlagen würde. Michael drückt die gekippten Fensterflügel in den Rahmen. Jetzt scheinen die Autos und Straßenbahnen wenigstens nicht mehr direkt durchs Zimmer zu fahren.

»Ziemlich laut hier«, sagt Sebastian, »macht dir das nichts aus?«

Michael setzt sich mit angewinkeltem Bein auf eine Ecke der Schreibtischplatte und blickt zu Sebastian hinüber, ohne zu antworten. Er zuckt nur die Schulter. Sebastian gibt sich einen Ruck:

»Ich weiß, du kannst Intimitäten nicht ausstehen. Aber schließlich hast du mir das Leben gerettet. Wieso meldest du dich nicht mehr?«

Michael antwortet immer noch nicht. Er greift nach dem Glas, über die Oberfläche des runden Whiskeyteichs laufen kleine Wellen. Als er bemerkt, wie das Glas in seiner Hand zittert, stellt er es ab und verschränkt die Arme. Sie sehen einander schweigend an. Aber als Sebastian zu sprechen anhebt, kommt ihm Michael zuvor: »Ich werde nach Berlin zurückkehren.«

Sebastian erhebt sich vor Überraschung vom Sofa und stößt dabei den Rauchglastisch an. *Die Speed Queen* und ein Buch über Domino rutschen vom Stapel und fallen zu Boden. Er bittet um Entschuldigung und geht gleichzeitig in die Knie, um die Bücher aufzuheben. Das Dominobuch blättert er irritiert an, bevor er es zurück auf den Stapel legt: »Ich wusste gar nicht, dass es darüber Bücher gibt.« Dann fügt er schnell hinzu: »Du hast mir zwar erzählt, dass du nur für begrenzte Zeit in Frankfurt lebst, aber ich wusste nicht, dass du so bald wieder weg musst. Hast du denn deine Sachen erledigt?«

»Es gibt nichts mehr zu erledigen.«

»Und du wärst tatsächlich abgereist, ohne dich zu verabschieden, ohne ein Wort zu sagen?«

»Was hätte ich denn sagen sollen? Mach's gut, Alter, komm mal nach Berlin, dann spielen wir Domino? Das ist doch albern. Außerdem hasse ich Abschiede. Ich hätte dir geschrieben, irgendwann hätte ich dir bestimmt geschrieben.«

»Aber du hast mir das Leben gerettet!«

»Was hat denn das damit zu tun? Das war für uns beide eine schlimme Sache, ein Schock. Mein Gott, ich sehe immer noch vor mir, wie du plötzlich auf den Gleisen warst und der Zug in die Station raste. Manchmal träume ich sogar davon. Ich wollte nach der Vernehmung nicht mehr daran denken und hatte keine Lust, das wieder und wieder durchzukauen, auch mit dir nicht.«

Michael greift nach dem Glas und hebt es kurz an, als wolle er Sebastian zuprosten. Er führt es nicht zum Mund, behält es aber in der Hand. Um das Zittern zu verbergen, legt er die zweite Hand über die erste und setzt das Glas auf dem Oberschenkel ab.

»Der Whiskey hat damit nichts zu tun. Manchmal

habe ich eben einen Koller, meistens geht er rasch vorbei.«

Sebastian bemerkt, dass Michael die beiden Eheringe nicht mehr trägt, und hat schon eine Bemerkung auf den Lippen. Im letzten Moment kann er sich beherrschen und fragt stattdessen:

»Kanntest du diesen Verrückten wirklich nicht?«

»Diesen Duda? Wieso fragst du, sollte ich ihn denn kennen?«

»Ach, ich weiß nicht, ist auch egal.«

»Willst du einen Schluck?«

»Bloß nicht, ich muss noch fahren. Das Taxi steht im Parkverbot. Ich wollte nur kurz vorbeischauen, hatte nicht mal vor, überhaupt reinzukommen. Jetzt steckt die Knolle wahrscheinlich schon dran.«

Er macht eine vage Bewegung in Richtung Fenster und nimmt gedankenlos eine der Hüllen der Nancarrow-CDs in die Hand, die lose herumliegen. Michael ist sofort bei ihm und nimmt ihm die Hülle weg, er reißt sie ihm fast aus der Hand. Sebastian entschuldigt sich verdattert.

»Ich hätte nicht herkommen sollen. Denk bloß nicht, ich will mich aufdrängen. Ich bin nur gekommen, weil Waltraud – sie hat mich geschickt.«

Michael zieht überrascht die Brauen hoch.

»Sie hat mich gebeten, dich zu ihrem Geburtstagsfest einzuladen. In den *Blauen Mond*. Wahrscheinlich hättest du sowieso keine besondere Lust auf eine Kutscher-Party gehabt, und jetzt, mit deinem – Koller, wie du sagst, passt es dir bestimmt überhaupt nicht. Aber ich konnte es ihr nicht ausreden. Ich weiß nicht, warum es ihr so wichtig ist. Vielleicht will sie sich einfach bedanken, dass du mir – geholfen hast. Sie hat das Gefühl, dir Unrecht getan zu haben, du hast ja gemerkt, dass sie nicht begeistert war, als wir mal zusammen im *Blauen Mond* aufgetaucht sind.«

»So kann man es auch ausdrücken.«

»Also: was soll ich ihr sagen?«

»Wann ist es denn?«

»Morgen.«

»Da hast du dir mit dem Überbringen der Einladung aber Zeit gelassen.«

»Soll das etwa heißen, du kommst?«

»Jetzt bist du derjenige, der nicht gerade begeistert ist.«

»Mir wäre ehrlich gesagt ein Dominospiel in Bornheim zum Abschied lieber. Ich weiß nicht, was sie vorhat.«

»Wahrscheinlich hat sie gar nichts vor und will bloß nett sein. Wissen denn die anderen im *Blauen Mond* über unseren Zwischenfall Bescheid?«

»Natürlich nicht. Ich habe es bloß Waltraud erzählt.«

»Also, dann werde ich es mir überlegen. Das heißt« – er klopft mit der CD-Hülle auf seine Knöchel – »eigentlich gibt es nichts zu überlegen. Bestelle ihr meinen Dank für die Einladung. Ich bringe ein Geschenk mit.«

»Das brauchst du aber nicht!«

»Doch, doch, ich bringe etwas mit, unbedingt.«

Sebastian entgeht nicht, dass Michael auf einmal ganz aufgeregt ist. Er fühlt sich unwohl in der Situation und weiß weder, was er sagen, noch, wie er sich verabschieden soll. Er macht eine Bemerkung über die Nachbarin, auf die Michael nicht reagiert, und wendet sich zur Tür. Michael schlüpft rasch an ihm vorbei und öffnet.

»Also dann, bis morgen. Noch einmal danke für die Einladung. Und natürlich«, er fährt mit der Hand über die Stoppeln in seinem Gesicht, »werde ich mich vorher rasieren.«

Er sagt es ganz ernst, ohne auch nur die Andeutung eines Lächelns. Sebastian dreht sich, sobald er aus der Tür ist, noch einmal um: »Irgendwo habe ich gelesen, dass bei den Indianern einer, der einem anderen das Leben gerettet hat, von da an nicht nur für sein eigenes Leben, sondern auch für das des anderen verantwortlich ist.«

Michael stößt lachend ein Wort hervor, das Sebastian noch nie gehört hat, Kilesi, Kilali oder so ähnlich, und zieht die Tür zu. Als Sebastian an der Wohnung der Nachbarin vorbeigeht, schlägt der Hund an. Aber diesmal lässt sich die Frau nicht blicken. Die seltsame Musik beginnt wieder. Die Töne verfolgen Sebastian durchs Treppenhaus.

2

An der Tür zum *Blauen Mond* hängt ein Schild »Geschlossene Gesellschaft«, und irgendein Witzbold hat ein »Weg« davor gemalt. Die Party ist in vollem Gang, ein nostalgischer Hit schlägt Michael entgegen, *Marmor, Stein und Eisen bricht, aber unsere Liebe nicht.* Stein ist wirklich gebrochen, kalauert jemand in seinem Hirn, womöglich ist es Vanessa, während er sich freundlich lächelnd durch die Leute drängt, die am Eingang herumstehen. Manche halten Pappteller mit Kartoffelsalat und Senf in der einen und Frankfurter Würstchen in der anderen Hand. Während er sich an der Gruppe vorbeizwängt, spürt er in der linken Innentasche seiner Jacke die Waffe und rechts sein Geschenk für Waltraud.

Das Lokal ist mit Lampions aus durchscheinendem Papier geschmückt, wie sie früher zu Fasching verwendet wurden, große, von innen beleuchtete Sonnen mit glühenden Gesichtern, dazwischen etwas kleinere, ziehharmonikaähnliche Zylinder in allen Farben. Auch Mondsicheln sind aufgehängt, die eher aussehen wie Bananen und gelblich schimmern. Eine davon ist blau bemalt; das von innen angestrahlte Buntstiftgekritzel wirkt rührend, wahrscheinlich stammt es aus den Kindertagen von Nicole oder Florian. Michael sieht Nicole hinter dem Tresen stehen und beidhändig Gläser unter die Hähne halten. Sie hat im Allerheiligsten die Macht übernommen und genießt ihre Autorität mit der gleichen herzlichen Strenge, die sonst die richtige Wirtin an den Tag legt. Offenbar hat gerade der Mann mit der Ledermütze, der am Tresen auf sein Bier wartet, mit einer Bemerkung ihren Unmut erregt. Mit einem grimmigen Blick stellt sie abrupt eine Pilskugel vor ihn hin, die hauptsächlich mit Schaum gefüllt ist. Florian kommt mit einem leeren Tablett heran, und seine Schwester stellt es mit Gläsern voll, die alle herrlich gezapfte Kronen tragen. Sie scheint die Sieben-Minuten-Regel äußerst ernst zu nehmen, und wer nicht genug Geduld hat, der soll Export trinken – oder kriegt eben eine Kugel voll Schaum. Waltraud und Sebastian sind nirgends zu sehen. Das ist Michael ganz recht. Er will erst sein Geschenk auf den Gabentisch legen, bevor er den beiden gegenübertritt.

Der Tisch steht schräg gegenüber vom Tresen, gleich neben der mit Papierdecken belegten Speisetafel. Michael muss sich durch die Menschentraube davor schlängeln, und als sein Blick auf den Frikadellenberg fällt, läuft ihm das Wasser im Mund zusammen. Er hat in der letzten Zeit hauptsächlich flüssige Nahrung zu sich genommen, aber heute ist er nüchtern. Der Koller ist vorbei. Es ist alles vorbei. Und obwohl er keine Ahnung hat, wie er sein Leben ohne das eine große mörderische Ziel weiterleben soll, wird er nach Berlin zurückkehren. Er wird Conny um Verzeihung für sein Abtauchen bitten, ohne den wahren Grund preiszugeben, und weiter die Zwillinge beonkeln. Vielleicht wird er versuchen, Hilde ausfindig zu machen, es wäre interessant zu erfahren, was aus ihr geworden ist in all diesen Jahren. Orangefarben wird sie wohl nicht mehr herumlaufen, eine Kette mit dem Medaillon Bhagwans um den Hals. Auch ihr wird das Ziel irgendwann abhanden gekommen sein. Viele Menschen kehren nach jahrelanger Sinnsuche genau an den Punkt zurück, von dem aus sie einst aufgebrochen sind. Warum sollte es ihm anders ergehen?

Nun muss er die Sachen loswerden, die Minikassette mit dem Schwur, den er gebrochen hat, die Zeitungsausschnitte und die Browning, die so bösartig anschmiegsam in der Hand liegt; und vor allem die beiden Ringe, die er nicht mehr trägt, die er nicht mehr tragen kann, sie brennen wie Feuer an seinem Finger, und das Foto mit Vanessa vor der heiligen Theresia, das zusammen mit den kostbaren Eheringen und den beiden Ohrringen aus Strass hübsch verpackt in seiner Jacke steckt.

Neben den Frikadellen stehen Teller mit Frankfurter Würstchen, immer ein Paar, verbunden durch ein dünnes Schnürchen Darm, und riesige Schalen mit Kartoffel- und Krautsalat. Dann sieht Michael auf einmal das herrliche Schwarzbrot. Zwei große Laibe liegen auf Schneidebrettern, jeder in zwei Hälften geteilt. Er macht einen Finger an der Lippe feucht und tupft im Vorbeigehen einen der köstlichen dunkelbraunen Krümel auf, mit denen die Bretter übersät sind. Nachher wird er sich eine richtig dicke Scheibe herunterschneiden, doppelt so dick wie die in der Bornheimer Wirtschaft. Der Sinn des Lebens? Er ist das Wasser, das beim Anblick von Frikadellen im Mund zusammenläuft, oder ein Krümel von der Kruste eines Schwarzbrotes.

Endlich hat er sich zum Gabentisch durchgekämpft. Darauf steht in einem extragroßen Sektkübel ein prachtvoller Strauß purpurroter Rosen. Man muss sie nicht zählen, um zu wissen, wie viele es sind. Rundherum sind die Geschenke ausgebreitet, große, kleine, allesamt bunt eingewickelte Pakete, manche lehnen am Sektkübel, andere liegen einfach da mit akkurat zurechtgezupften Schleifen, wieder andere stehen hochkant nebeneinander, den Rücken an die Wand gekippt. Es sind viele Geschenke. Auf einige sind Embleme mit einer 50 geklebt, umrahmt von goldenen Ähren. Er holt das Päckchen aus der Jackentasche und legt es zwischen die anderen, aber dann nimmt er es noch einmal in die Hand, überlegt einen Moment und schiebt es dann so unter ein großes, knallgelbes Paket, dass es kaum zu sehen ist, nur eine Ecke lugt hervor. Plötzlich hört er Sebastians Stimme und dreht sich schnell um. Sie begrüßen einander und gehen zusammen hinüber zu Waltraud, die Nicole inzwischen beigesprungen ist; auch der Mann mit der Ledermütze bekommt zum Schaum nun doch noch Bier. Michael will ihr gratulieren, aber sie wehrt lächelnd ab: »Erst um Mitternacht. Wir feiern rein, hat Sebastian das nicht gesagt?«

»Daran habe ich gestern gar nicht gedacht.«

»Gestern? Du hast Herrn Stein erst gestern eingeladen!«

Michael schaltet sich ein: »Ich war schwer erreichbar in der letzten Zeit. Und es hat ja noch geklappt. Es wird bestimmt ein schönes Fest, das heißt natürlich: das ist es schon. Jetzt werde ich mich erst mal auf die Frikadellen und dieses herrliche Bornheimer Brot stürzen.«

»Nur zu, es gibt von allem genug. Hauen Sie rein. Möchten Sie ein Bier?«

»Später, danke.«

Michael nickt den beiden zu und stellt sich an die kleine Schlange am Anfang der Tafel. Während er mit dem Pappteller in der Hand wartet, bis er an die Reihe kommt, bekommt er Fetzen eines Gesprächs mit, das zwei Leute weiter vor ihm führen. Sie haben wohl schon einiges getrunken und gestikulieren erregt mit dem Plastikbesteck in ihren Händen. Einer der beiden ereifert sich immer mehr, fügt an jeden Satz ein drängendes »Ist es nicht so!« Michael kann wegen der lauten Musik und der anderen Stimmen um ihn herum nicht alles verstehen, aber so viel ist klar, es geht um diesen Polizeivize, der einem Kindesentführer die Folter angedroht hatte und sich nun vor Gericht dafür verantworten muss. »Ist es nicht so!« ruft der eine wieder, während die beiden mit beladenen Tellern zur Seite treten. Michael ist am Anfang der Tafel angelangt und nimmt mit einer Holzzange eine dicke saure Gurke aus dem Steinguttopf, dann gibt es einen Schlag Kartoffelsalat, zwei Frikadellen, jede verziert mit einem geringelten Häufchen Senf, und zwei dicke Scheiben Schwarzbrot. Eine will er zu den Frikadellen essen, die zweite zu dem Bier, das er sich nachher von Nicole zapfen lassen will, artig sieben Minuten ausharrend.

Mit dem Pappteller in der einen, den Brotscheiben und dem Besteck in der anderen Hand sucht er nach einem Platz. An einem großen runden Tisch, an den zehn Stühle passen, oder sogar zwölf, wenn man zusammenrückt, sitzen schon einige Leute, zwei Frauen und fünf Männer, darunter der Fahrer mit der Ledermütze und die beiden Debattierer vom Büfett.

»Darf ich mich dazusetzen?«

»Nur keine Hemmungen.«

Er bedankt sich und nimmt Platz. Das Brot ist köstlich. Die Frikadelle ist köstlich, vielleicht ein bisschen fest. Oder er ist zu eifrig. Das Plastikmesser bricht ab.

»Das ist die reine Gier«, sagt er entschuldigend zu seiner Nachbarin.

»Du bist nicht der Einzige, dem das passiert ist. Die Waltraud macht sie gern kompakt. Mit den Fingern schmeckt es sowieso besser.«

»Genau«, nickt Michael, verteilt mit der Gabel den Senf auf der Frikadelle und nimmt sie in die Hand. Der aufgeregte Mann vom Büfett schiebt den Teller von sich, nimmt einen kräftigen Schluck Bier und legt wieder los, mit erhobener Stimme gegen die Musik anredend: »Was würdet ihr denn machen, wenn euer Kind entführt worden wäre und der Entführer würde euch frech ins Gesicht lachen?«

»Na, der könnte sich auf was gefasst machen«, sagt der andere Mann vom Büfett.

»Mir würde da auch 'ne Menge einfallen, und wenn ich mit dem fertig wäre, würde er sich wünschen, nie geboren zu sein«, fügt ein anderer hinzu.

»Was der Polizeichef mit dem anstellen wollte?«

»Der Vize, es war nur der Vize«, wirft der Mann mit der Ledermütze ein.

»Das ist doch völlig egal, Uwe, jedenfalls war das, was der angedroht hat, harmlos im Vergleich zu dem, was ich...«

»Da gibt es immer Methoden.«

»Das arme Kind, es war schon tot, als sie es gefunden haben.«

»Die Rübe gehört so einem runter.«

Alle reden durcheinander. Michael schaut in die Runde und leckt dabei den Senf von den Fingern. *Wenn bei Capri die rote Sonne im Meer versinkt.*

»Der Polizeichef...«

»Der Vizepolizeichef!«

»Herrgott, ja doch: der Vizepolizeichef wollte ihn mit einem schwulen Neger in die Zelle sperren.«

»Wie süß.«

»Scheint ja gewirkt zu haben.«

»Aber das Kind war trotzdem schon tot, es hat alles nichts genützt.«

»Und was, wenn es noch gelebt hätte? Das konnte vorher keiner wissen.«

»An die Augen, man muss diesen Verbrechern sofort an die Augen, mit einer Rasierklinge, ihr solltet mal sehen, wie schnell die kuschen, ganz artig werden die.«

»Die Haut würde ich ihm abziehen«, wirft eine der beiden Frauen ein.

»Eigenhändig?« Das fragt einer in der Runde, der bisher noch nicht gesprochen hat.

»Klar, was denkst du denn. Oder was würdest du mit einem machen, der dein Kind entführt hat? Ihm mit dem Finger drohen?«

»Aber dieser Polizeivize hat nichts eigenhändig gemacht, er mochte nicht einmal seine Drohungen selbst aussprechen, das ließ er andere besorgen, Leute unter ihm.«

»Das spielt doch gar keine Rolle!«

»Und ob das eine Rolle spielt. Er hat die Anordnung erteilt und einen Aktenvermerk gemacht. Das Foltern sollten die Untergebenen erledigen, sollten für ihn die Schergen spielen. Aber bei uns ist die Folter abgeschafft. Es war richtig, dass sie sich dagegen wehrten, und es ist richtig, dass der Mann jetzt vor Gericht steht.«

»Aber das Kind. Es war immer noch eingesperrt, und sie wollten es retten. Und du sagst: Bei uns wird nicht gefoltert, die verdammten Rechte des Entführers sollen mehr wert sein als das Leben des Kindes. Das ist doch nicht dein Ernst.«

»Genau. Unmenschlich ist das! Ist es nicht so?«

»Man hätte die Verhörmethoden ändern und ihn beispielsweise der Mutter gegenüberstellen können.«

»Gegenüberstellen, gegenüberstellen, das ist rührseliger Quatsch.«

»Der Mutter ausliefern hätte man ihn sollen, wenn schon, der wäre bestimmt etwas eingefallen, ihn zum Sprechen zu bringen.«

Die Diskussion ist heftig geworden, Leute von den Nachbartischen sind dazugetreten, stehen in einem zweiten Kreis um den Tisch, die Hände auf die Stuhllehnen gestützt. Auch Sebastian ist herangekommen, er steht hinter Michael, der ihn noch nicht bemerkt hat.

Eine der neu dazugekommenen Frauen ruft in die Runde: »Ich hätte ihn mit Handschellen in den Zoo geführt und ihm die Gorillas gezeigt. Die Gorillas haben Junge.«

»Ja, das habe ich auch gesehen«, sagt Michael dazwischen, ganz euphorisiert von diesem im Kreis rasenden Hass.

»Ich hätte auf die Gorillamutter gedeutet und gesagt, dass wir ihr das Junge wegnehmen, es ihm auf den Bauch binden und ihn dann zu ihr in den Käfig stoßen.«

»Du hast ja Einfälle.«

»Eine großartige Idee. Großartig!«

»Das nenne ich eine Gegenüberstellung.«

»Aber wir sind keine Gorillas. Wir sind Menschen.«

»Bist du da so sicher?«

Einige Leute lachen, andere brummen protestierend: »Na, na, jetzt mach aber mal halblang.«

»Und der Entführer, ist so jemand vielleicht kein Gorilla.«

»Hör auf, der Vergleich ist Tierquälerei.«

Wieder macht Gelächter die Runde. Nachdem sich die Leute beruhigt haben, fragt der Mann mit der Ledermütze: »Und du, was würdest du mit ihm machen?«

Uwe sieht schräg über den Tisch zu Michael, meint aber Sebastian, der hinter dem Stuhl steht, immer noch unbemerkt von Michael, der an seiner Stelle antwortet: »Nichts. Ich glaube, ich würde ihm nichts tun. Ich könnte es nicht. Es ist viel schwerer, als man sich vorstellt.«

Uwe sieht ihn überrascht an, aber bevor er etwas sagen kann, ruft Sebastian über Michaels Kopf hinweg mit heiserer Stimme, es ist fast wie ein Schrei: »Ich würde ihn töten.«

Während Michael sich überrascht umdreht und Sebastian von unten ins erhitzte Gesicht blickt, sagt Uwe langsam, aber trotz der Musik von allen deutlich zu verstehen: »Das glaube ich dir aufs Wort.«

Sebastian ist vor Aufregung nicht die Spur irritiert. Ohne sich dessen bewusst zu sein, legt er, nachdem Michael sich abgewandt hat, die Hände auf dessen Schultern, drückt ihn fast in den Stuhl und bekräftigt: »Wenn ich mir vorstelle, Florian wäre entführt worden, und dann würde man ihn finden, ermordet in einem Verschlag, und ich hätte den Entführer in meiner Gewalt, ich würde ihn töten, ja, ich würde ihn töten.«

Michael schüttelt Sebastian ab und schiebt heftig seinen Stuhl zurück. Die Musik hört schlagartig auf und jemand klatscht in die Hände. Die Leute drehen überrascht die Köpfe. Es ist Nicole: »Bitte alle mal herhören, alle mal herhören. In einer Minute ist es so weit, dann hat Mami Geburtstag. Hat jeder was zum Anstoßen? Wir bringen ihr ein Ständchen, okay? Und dann stoßen wir an. Wer Sekt möchte, bitte sehr.«

Florian packt ein großes, viereckiges Tablett an den Henkeln und trägt es an den Bauch gedrückt vorsichtig durch das Lokal, während Nicole zum Tresen hinüberläuft und ihre lächelnd widerstrebende Mutter, die eine Sektflöte im Fünfzigerjahre-Stil in der Hand hält, in die Mitte des Raumes zieht. Sie winkelt theatralisch den Arm an und sieht auf die Uhr, zählt von der Zehn abwärts. Nach der Eins ruft sie »Jetzt!«, und die Gäste, die sich inzwischen von ihren Plätzen erhoben haben, singen: »Hoch soll sie leben, hoch soll sie leben, drei Mal hoch!« Alle lachen und stoßen die Gläser aneinander. Waltraud erhebt ihre Flöte, dreht sich einmal um die eigene Achse, nickt ihren Gästen zu. Florian stellt das Tablett ab, schießt quer durchs Lokal zu seiner Mutter, schlingt die Arme um sie und löst sich sofort wieder mit plötzlich hochrotem Kopf. Dann gibt Sebastian ihr einen Kuss. Unterdessen hat Nicole mit gebieterischer Miene ihre Position auf der Brücke wieder eingenommen und macht sich an der Musikanlage zu schaffen. *When marimba rhythm starts to play, hold me close, make me sway* – es ist nicht Florians Hitfassung, sondern eine Ballroom-Interpretation, die schmeichelnde, männliche Stimme scheint die Melodie zu führen, ausladend begleitet von einem geigenreichen Orchester – *like the lazy ocean hugs the shore, hold me close, sway me more.* Sebastian macht vor Waltraud eine kleine Verbeugung, und die beiden beginnen zu tanzen, ganz allein in der Mitte des Lokals. *Like a flower bending in the breeze, bend with me, sway me ease.* Michael sieht zu, wie sie sich in die Augen blicken und sich aneinander festhalten. *When we dance you have a way with me, stay with me, sway with me.* Wie sie sich brauchen, wie sehr sie sich brauchen, wie sehr hätte er Vanessa gebraucht in all den langen Jahren seines verlorenen Lebens, die doch nichts weiter sein sollten als ein Wimpernschlag zwischen ihrem Tod und dem Tod ihres Mörders, und die sich in den letzten Wochen ausgedehnt haben, raumgreifend wurden, diese mit einem

Mal ungeheuer raumgreifenden Jahre, eine riesige Pyramide aus Zeit, in der nicht nur Vanessa, sondern auch er selbst begraben liegt, während der Mörder, der eben noch seine Bereitschaft zu töten erneuert hat, seine Gefährtin im Arm hält und die Zeit und auch alles andere auf der Welt in diesem Moment vollkommen vergisst.

Was hätte Vanessa zu dem Leben gesagt, das er nach ihrem Tod geführt hat? Diese Frage taucht nicht zum ersten Mal in ihm auf, aber zum ersten Mal weiß er die Antwort und gesteht sie sich unumwunden ein: sie hätte es abgelehnt. Alles daran: seinen Kohlhaas-Schwur, sein Sichverbeißen in die Existenz des Mörders, seine Flucht aus Düsseldorf, seine Konversion zum Westberliner Alternativen, seine Quasi-Ehe mit Conny, seine daran anschließende Freundschaft mit Conny, seine Ausdauer beim Warten auf den Tag der Vergeltung, seinen Aufbruch nach Frankfurt, die Fahrt nach Düsseldorf, die Dominoabende, das Sichverbunkern in der Wohnung an der Wittelsbacher Allee, das Herumstehen in dieser Taxifahrerkneipe – alles, alles hätte Vanessa rundheraus abgelehnt, es verachtet, ihn selbst mit eingeschlossen, ja, seine ganze Art zu leben wäre Vanessa so hoffnungslos erbärmlich erschienen, dass sie den Mann, der ihren Tod rächen wollte, im Leben mit Sicherheit verlassen hätte. Die Gewissheit dieser Einsicht ist furchtbar. Er hat das Gefühl, die taube Stelle am Oberschenkel breite sich über seinen ganzen Körper aus. Die Frage, was Vanessa von all dem halten würde, hat er sich zwar früher schon gestellt, sie aber nie wirklich aus ihrer Perspektive beantwortet. Ohne es zu bemerken, hatte er stets sorgfältig vermieden, sich ihre Reaktionen auf die verschiedenen Situationen vorzustellen, wenn sie wirklich und leibhaftig in diesen Situationen neben ihm gestanden hätte – wie jetzt in dieser Kneipe, in der die Wirtin unter kindischen Papiersonnen und blau bekritzelten Monden mit einem Taxifahrer tanzt. Nun begreift er plötzlich, dass sie den Racheschwur als Treueversprechen nicht nur nicht akzeptiert, sondern heftig zurückgewiesen hätte mit höhnischer Herablassung in den eisgrauen Augen. Was würde sie wohl zu dem Päckchen mit ihrem Foto sagen, das er Waltraud auf den Gabentisch gelegt hat?

Kaum ist der Tanz zu Ende, ertönt der Song von neuem, aber diesmal in der Variante von Florians Taxi-Mix. Waltraud und Sebastian lösen sich lachend voneinander. Eine comicartig verzerrte Mädchenstimme quietscht über schnellen, harten Basstönen, die einem die Bauchdecke vibrieren lassen, das *make me sway*. Nicole stürzt wie von der Tarantel gestochen hinter dem Tresen hervor und beginnt, sich zuckend, zappelnd um die eigene Achse zu drehen und dabei mit den Armen zu flattern wie mit Flügeln. Plötzlich befindet sich ein junger Mann bei ihr, der Michael bisher nicht aufgefallen ist, zwanzig, höchstens einundzwanzig Jahre alt und offenbar der Freund, zu dem sie ziehen will, wie er von Sebastian weiß. Der junge Mann macht ein paar steife Schritte auf der Stelle und umtänzelt dann sein Mädchen, ungeschickt wie ein abgemagerter Bär. Die älteren Gäste, die Waltrauds Geburtstagstanz zugesehen haben, ziehen sich an die Tische zurück. Aber Florian bleibt am Rand stehen und sieht den beiden zu, bis Nicole wippend auf ihn zu läuft, an den Händen nimmt und auf die Tanzfläche zieht, wo die drei umeinander hüpfen, immer mehr aufdrehend, glühend vor Glück.

Während sich die Gäste an den Tischen neu gruppieren und eine Traube um den Tresen drängt, an dem jetzt wieder Waltraud die Zapfhähne bedient, neben sich Sebastian, der Gläser spült, schlendert Michael zum Gabentisch und tut interessiert, schaut sich die verschiedenartigen Päckchen an und wartet auf eine Gelegenheit, das seine wieder an sich zu nehmen. Welch eine kleinliche Idee des Mannes, der es nicht fertig brachte, die Browning aus der Jackentasche zu ziehen und abzufeuern, seinem ausgebrannten Verlangen nach Vergeltung mit diesem niederträchtigen Geschenk Genüge zu tun und seinem Feind auf diesem Weg eins auszuwischen – das ist aus seinem großen Schwur geworden.

Er wirft einen Blick über den Gabentisch, um das große, knallgelbe Paket zu finden. Es liegt nicht mehr an derselben Stelle, und als er es entdeckt hat und mit einer raschen Bewegung anhebt, kommt sein eigenes Päckchen nicht darunter zum Vorschein. In seine Scham schießt der Schrecken, demütigend wie das Erschrecken eines Kindes, das einen Streich ausgeheckt hat, sich eines Besseren besinnt und plötzlich bemerkt, dass nichts mehr ungeschehen zu machen ist. Am liebsten würde er mit fliegenden Händen die Geschenke durcheinander schieben oder sie von einer Ecke in die andere räumen; es kann doch nicht sein, dass sein Päckchen verschwunden ist. Oder hat Sebastian ihn vorhin beobachtet und es an sich genommen?

»Toller Gabentisch, nicht wahr?«

Er hat gar nicht bemerkt, dass Uwe neben ihn getreten ist, und zuckt sogar ein wenig zusammen.

»Weißt du – ich sage einfach mal ›du‹, wir reden uns hier alle so an –, was du vorhin gesagt hast, stimmt. Es ist sehr viel schwerer, jemanden körperlich anzugehen, als die meisten sich vorstellen.«

»Das hört sich so an, als wüssten Sie …«

»›Du‹, hier sagen alle ›du‹.«

»Natürlich, entschuldige: als wüsstest du genau, wovon du redest.«

»Und ob, und ob! Man hat seinen Hass, man hat sein Rachegefühl, man hegt es und pflegt es und stößt seine Flüche aus. Aber sonst? Was kann man sonst tun.«

»Ja, Sie haben – du hast bestimmt Recht.«

»Kennst du den Professor schon länger, ich meine, den Sebastian Neubert?«

»Nicht sehr lange. Ich lebe erst seit kurzem in Frankfurt.«

Uwe sieht Michael immer nur kurz ins Gesicht. Der

Mann ist sichtlich verlegen und rückt während des Gesprächs an den Geschenken herum.

»Ich kenne ihn seit zwei Jahren.«

»Ja?«

»Bevor er auftauchte, habe ich Waltraud – na, weißt du: ich habe ihr den Hof gemacht.«

Er hält auf einmal Michaels Päckchen in der Hand und wedelt damit in der Luft herum.

»Und dann, tja, er hat sie mir weggenommen, mit seinen Büchern und seinem Gebildet-Tun. Taucht eines Tages im *Blauen Mond* auf und nimmt mir die Frau weg, um die ich werbe.«

Verdutzt bemerkt er, dass er mit dem Päckchen gestikuliert, und legt es auf den Tisch zurück.

»Keine Ahnung, warum ich dir das erzähle. Vielleicht, weil du der Einzige hier bist, den ich nicht kenne, oder nur vom Sehen. Du warst ja schon ein-, zweimal allein hier, bevor du zusammen mit dem Professor aufgetaucht bist.«

»Ich glaube, da irrst du dich.«

»Ganz sicher nicht. Aber was soll's. Ich weiß nicht, wie gut du ihn kennst oder wie eng ihr befreundet seid. Die Waltraud hat mir erzählt, dass ihr Domino miteinander spielt?«

»Hin und wieder, ja.«

»Übrigens hat sie es ihm beigebracht. Und gelernt hat sie es von mir. Und ich, ich habe es im Knast gelernt, aber das ist lange her.«

»Du warst im Gefängnis?«

»Jugendsünden. Schon sehr lange her, wie gesagt.«

»Haben Sie jemanden …?«

»Auf einmal doch wieder ›Sie‹? Nein, ich könnte es nicht, genauso, wie Sie es vorhin gesagt haben. Aber der Neubert – denken Sie an mich, das ist etwas anderes.«

Der Mann tippt an seine Schirmmütze und wendet sich ab, um zur Runde am großen Tisch zurückzukehren. Michael nutzt die Gelegenheit, schnappt sein Päckchen und steckt es ein. Er geht zu Waltraud an den Tresen und bittet um einen Whiskey. Sie schenkt ihm einen doppelten, das heißt: eher einen dreifachen *Johnny Walker* ein. Leider habe sie kein Eis, meint sie entschuldigend, die Gäste würden fast nur Klaren trinken, vom Bier natürlich abgesehen. Er setzt sich mit dem Glas allein an einen Ecktisch und schaut den Leuten beim Tanzen zu. Nicole, ihr Freund und Florian haben inzwischen Verstärkung bekommen. Nach einer Weile kommt Sebastian herüber, sieht sein leeres Glas und fragt: »Noch einen?« Michael nickt. Sebastian geht zum Tresen, kehrt mit zwei gut gefüllten Gläsern zurück und nimmt Sebastian gegenüber Platz. Sie heben die Gläser, ohne anzustoßen und ohne etwas zu sagen.

Gegen zwei Uhr drängt Waltraud zum Aufbruch. Die meisten Gäste sind schon gegangen, und die ewigen Letzten, es sind immer die gleichen Herumhocker, komplimentiert sie freundlich hinaus. Dann gibt sie Nicole ein paar Anweisungen. Sie soll mit ihrem Freund ein bisschen aufräumen, Biergläser ausleeren, halb abgegessene Pappteller in Plastiksäcke werfen, das übrig gebliebene Essen mit Zellophan abdecken, damit es nicht verdirbt. Den Rest wird Waltraud morgen Vormittag mit der Putzfrau erledigen, bevor der *Blaue Mond* wieder geöffnet wird.

Sie kommt zu ihnen an den Tisch, einen widerstrebenden Florian im Schlepptau, der gern bei Nicole und ihrem Freund in der Kneipe geblieben wäre, und trinkt einen letzten Sekt – »vor lauter Feiern bin ich bisher kaum dazu gekommen«, lacht sie, »aber das ist als Gastgeberin meistens so.« Dann schlägt sie überraschend noch einen Absacker zu Hause vor und lädt Michael dazu ein. Sie bestellt ein Taxi, das kaum fünf Minuten später vor der Tür steht. Waltraud und Sebastian nehmen hinten Platz, den immer noch schmollenden Florian zwischen sich in der Mitte. Michael steigt vorne ein.

3

Es war ein schönes Geburtstagsfest, schön, aber anstrengend. Jetzt ist Waltraud froh, dass es überstanden ist. Die nächste große Party gibt es erst wieder zum Sechzigsten. Sie hatte den ganzen Abend über befürchtet, dass Uwe zu viel trinken und entgleisen würde. Gott sei Dank ist alles gut gegangen. Auch sonst hat alles gut geklappt. Wirklich ein schönes Fest. Und wenn sie nach der ganzen Aufregung nun auch noch einschlafen könnte, wäre das perfekt. Sie hat Kopfschmerzen, obwohl sie außer den zwei, drei Gläsern Sekt nichts getrunken hat. Sie setzt sich kurz auf und drückt das Federkissen zusammen, damit der Kopf etwas höher liegt. Der Abend schwingt noch in ihr, der Trubel, die Gratulationen, der Tanz um Mitternacht. Die Männer sitzen in der Küche und trinken den Rest des *Johnny Walker*, den sie aus dem *Blauen Mond* mitgenommen haben. Sie sind zwar etwas angeschickert, aber nicht sehr betrunken, jedenfalls kamen ihnen vorhin die Worte noch klar über die Lippen. Sie hat eine Schale mit gesalzenen Erdnüssen auf den Tisch gestellt und »Gute Nacht« gewünscht, »ich bin todmüde, ich werde schlafen wie ein Stein.« Sie hielt Michael die Hand hin, der sich von seinem

Stuhl hochrappelte und lachend sagte: »Leider schlafe ich nicht besonders gut.« Sie hat erst gar nicht verstanden, was er meinte, bis sie begriff und ebenfalls lachen musste. Sie hat Sebastian, der auch aufgestanden war, einen Kuss gegeben, ist ins Badezimmer gegangen, hat sich gezwungen, die Zähne zu putzen, mit der elektrischen Bürste, zweieinhalb Minuten lang, wie es sich gehört, auch wenn man zum Umfallen müde ist. Aber nun liegt sie da und kann nicht einschlafen. Der Tanz um Mitternacht war wirklich schön. Ach, und die fünfzig Rosen. So ein Unverstand. Sie verblühen so rasch. Aber sie hat sich riesig darüber gefreut, gerade wegen der Verschwendung, kein vernünftiger Mensch gibt so viel Geld für Blumen aus, und Sebastian ist sonst sehr vernünftig, ja, immer sehr vernünftig, bis auf die blöde Idee mit dem Moped für Florian und bis auf diesen prächtigen Strauß roter Rosen, der sie ganz überwältigt hat. Wenn sie die Blumen nach Hause schafft, müssen sie in verschiedene Vasen verteilt werden. Schade eigentlich, den Strauß auseinander zu reißen. Aber im *Blauen Mond* will sie ihn nicht stehen lassen. Ist doch keine Deko, so ein Strauß, er ist ein Geschenk, nur für sie allein. Man bekommt nicht alle Tage fünfzig Rosen geschenkt. Sie müssen noch einmal angeschnitten werden, sobald sie in der Wohnung sind. Aber noch schöner als die Rosen war die Umarmung von Florian. Damit hatte sie am allerwenigsten gerechnet, schwierig, wie das Verhältnis derzeit ist. Morgen tut er bestimmt wieder so, als ob nichts gewesen wäre, ihr halbstarker Sohn. Wenigstens kommt er mit Sebastian gut klar, scheinen richtig verschworen zu sein, die zwei. Was sie wohl von Sebastian noch geschenkt bekommen hat, außer den Rosen? Er will nichts verraten, tut sehr geheimnisvoll. Eigentlich wollte sie nach Mitternacht die Geschenke auspacken, aber sie kam einfach nicht dazu, und später, als es langsam ruhiger wurde, war sie einfach zu müde und wollte die Freude nicht durch Erschöpfung dämpfen, dann lieber erst am nächsten Tag auspacken, in aller Ruhe, wenn das Lokal aufgeräumt, geputzt und gelüftet ist. Diese vielen Geschenke. Und die Leute waren alle nett, sogar Uwe hat sich beherrscht und nicht herumgestänkert wie sonst. Wenn er nur dieses dämliche »Professor« endlich lassen könnte. Plötzlich fällt ihr ein, dass sie vergessen hat, Nicole und ihrem Freund zu sagen, sie sollen die Girlanden schon mal abhängen. Das muss dann wohl auch morgen erledigt werden. Nicole hat ihre Arbeit gut gemacht. Man kann richtig stolz auf sie sein. Aber auch Florian war fleißig und hat sich Mühe gegeben. Und das Schönste von allem war, wie er plötzlich auf sie zuschoss, er hätte sie beinahe umgerannt, so heftig war die Umarmung. Gott sei Dank hat Uwe sich wirklich beherrscht. Er saß schon einmal betrunken und weinend im *Blauen Mond* und drohte, Sebastian umzubringen. Das ist noch gar nicht so lange her, ein halbes Jahr vielleicht. Man glaubt es nicht, wie dieser Mann das alles mit sich herumschleppt, nicht loslassen kann, dabei hatte sie ihm nichts versprochen damals, definitiv zurückgewiesen hatte sie ihn allerdings auch nicht, das stimmt, das holte sie erst nach, als sie Sebastian kennen lernte. Leicht war das nicht gewesen. Und jetzt ist sie zum zweiten Mal verheiratet, scheint besser zu klappen diesmal als mit der Katastrophenehe, aus der ihre Kinder hervorgegangen sind, sie hat den Mann schon Jahre nicht mehr gesehen, weiß gar nicht, ob er überhaupt noch lebt. Das Einzige, was sie an Sebastian stört, ist sein Eingesponnensein manchmal, dann ist er da und doch nicht da, er kann neben dir auf dem Sofa sitzen mit einem Buch in der Hand und ist absolut unansprechbar, als ob er gar nicht im Zimmer wäre, sondern wer weiß wo, in einer ganz anderen Welt. Bei Florian ist es genauso. Man könnte glatt meinen, der Junge hätte es von Sebastian. Na, sie weiß ja am besten, dass es nicht so ist. Lange hatte sie geglaubt, Florian würde sich in seiner Bockigkeit einfach taub stellen, wenn er am Computer saß und nicht auf sie reagierte, wenn sie nach ihm rief. Aber dann begriff sie, dass er wirklich nicht da war, dass sie einfach nicht existierte für ihn in solchen Momenten, genau wie bei Sebastian. Das kann einem manchmal ganz schön auf die Nerven gehen. Aber das mit diesem Michael ist eine komische Sache. Er ist eigentlich recht nett. Auch wenn sie nicht begreift, was hinter seinem Interesse für Sebastian steckt. Die beiden passen überhaupt nicht zueinander, ihr will das einfach nicht in den Kopf, die ganze Art, man merkt doch, dass der Mann aus ganz anderen Kreisen kommt, und ihr leuchtet nicht ein, warum Sebastian das nicht zugeben will. Einmal hätten sie sich beinahe gestritten deswegen. Hauptsache, das Fest ging glatt über die Bühne. Fünfzig, ach du meine Güte, wenn sie auch darüber noch nachdenkt, ist es mit dem Einschlafen ganz vorbei. Mit dreißig oder mit vierzig oder eigentlich auch mit fünfundvierzig kann man sich das gar nicht vorstellen. Genau genommen kann man es sich auch mit neunundvierzig nicht vorstellen: dass man eines Tages nicht mehr fünfzig werden würde, sondern plötzlich fünfzig ist, es kommt einem kurioserweise wirklich ganz plötzlich vor, von jetzt auf gleich, von heute auf morgen. Man war schließlich gestern noch dreißig. Oder achtzehn wie Nicole. Aber achtzehn möchte sie trotzdem nicht mehr sein. Nein, vielen Dank. Kein leichtes Alter, erwachsen, und doch von Tuten und Blasen keine Ahnung. Vielleicht sollte sie doch noch einen Drink nehmen, einen kräftigen Schluck Whiskey, damit der Wirbel hinter der Stirn aufhört. In der Flasche war noch genug drin, die Männer werden sie nicht schon leer getrunken haben. Sie lauscht auf die Stimmen, kann aber nichts hören. Rührend, wie die Jungs Rücksicht nehmen, obwohl sie nicht mehr nüchtern sind.

Sie schlägt die Bettdecke zurück, steht auf, wirft den Morgenmantel über und schlüpft in die Pantoffeln. Sie sind rosa, haben glitzernde Puschel an der Spitze und sehen schrecklich kitschig aus. Dieser Michael wird sich bestimmt sein Teil denken, aber ihr ist das egal, solange er höflich ist und die Klappe hält. Ist sie hier zu Hause oder ist sie hier nicht zu Hause! Bevor sie den Flur nach vorn zur Küche geht, schaut sie bei Florian vorbei. Wie süß er aussieht, wenn er schläft. Er ist noch ein richtiges Kind, der Ärmste. Und wie ein Kind schläft er auch. Nichts würde ihn jetzt aufwecken. Da könnten statt Blättern tote Leute von den Bäumen fallen. Sie nutzt die Gelegenheit, beugt sich über ihn und gibt ihm einen Kuss auf die Wange. Dann noch einen. Sie ist sehr zufrieden mit ihrem mütterlichen Raub.

Durch die geschlossene Küchentür hört sie Sebastians Stimme, leise, aber deutlich zu verstehen. Die Stimme ist heiser, wie früher, wenn er zu viel geraucht hat. Er wird doch nicht etwa – nein, das wäre zu riechen. Sie zieht die Hand von der Türklinke und lehnt sich mit der linken Schulter im Flur an die Wand.

»Soso, der Uwe. Ich wusste das nicht, nicht einmal geahnt habe ich etwas davon. Ich dachte, der hat mich bloß auf dem Kieker, wie es manchmal ist, wenn man nicht allen Vorstellungen der Truppe entspricht, der Vorstellung, wie ein Kutscher zu sein hat zum Beispiel. Waltraud hat diese Geschichte nie erwähnt, außerdem habe ich sie nicht im *Blauen Mond* kennen gelernt, da bin ich erst hingegangen, als wir schon zusammen waren.«

»Jedenfalls hat er einen richtigen Hass auf dich. Du solltest dich in Acht nehmen.«

Sie hört Sebastians Auflachen, kurz und hart.

»Dieser Mann ist kein Problem. Mit dem werde ich fertig. Aber es gibt etwas, mit dem ich nicht fertig werde. Seit zwanzig Jahren nicht. Ich habe nie darüber gesprochen. Es liegt mir wie ein Fels auf der Seele, und glaub mir, mit den Jahren wurde es nicht besser, sondern immer schlimmer.«

Sie hält für einen Moment den Atem an, lässt sich zur Seite fallen und drückt den Rücken an die Wand.

»Du weißt, dass ich nicht aus Frankfurt stamme, sondern aus Düsseldorf. Vor zwanzig Jahren bin ich am Gerüst eines Hauses hochgeklettert und über eine Dachterrasse in eine Wohnung eingestiegen. Ich habe die Schubladen durchsucht, achthundert Mark Bargeld gefunden und eine Halskette, die kostbar aussah. Ich hatte einen Revolver bei mir, er war geladen.«

Ihre Finger zerren an der Schlaufe des Bademantels herum, das Herz schlägt im Hals.

»Die Frau, der die Wohnung gehörte, kam nur selten dorthin. Ich wusste das, weil ich dieses Haus mit dem Gerüst und die Häuser links und rechts daneben eine Zeit lang beobachtet hatte, bevor ich mich zu dem Einbruch in die Dachwohnung entschloss.«

Das ist gelogen, frei erfunden, warum erzählt Sebastian so etwas, sie kennt ihn doch.

»An diesem Abend, es war natürlich dunkel, als ich am Gerüst nach oben kletterte, tauchte die Frau plötzlich in ihrer Wohnung auf. Drei Minuten später wäre ich weg gewesen, nicht nach vorne raus, die Tür war abgeschlossen und auch von innen nicht zu öffnen, sondern wieder über das Gerüst. Sie stand plötzlich im Flur und schrie. Ich zog sofort den Revolver, entsicherte, zielte und drückte ab.«

Sie hört, wie Sebastian aufstöhnt, sie hat ihn nie so stöhnen gehört. Oder ist es der andere, dem sich dieses Stöhnen entringt? Ihre Knie beginnen zu zittern, und sie presst den Rücken an die Wand.

»Die Frau fiel zu Boden und riss dabei etwas Gläsernes um, ich weiß nicht, was es war, aber die Splitter knirschten unter den Sohlen, als ich zu ihr ging, ich höre das Geräusch noch heute, wie diese Glassplitter unter meinen Schuhen knirschen.«

Wieder hat Sebastian sich unterbrochen. Es herrscht vollkommene Stille. Keine Regung auf der anderen Seite der Wand. Sie hört ihr eigenes, unterdrücktes Atmen. Wie ein Blasebalg kommt es ihr vor, vielleicht kann sie deshalb von dem auf der anderen Seite nichts mehr hören. Aber dann setzt Sebastians Stimme wieder an, heiser, zögernd.

»Ich bückte mich und nahm der Frau die Ohrringe ab, es waren Clips, ich musste nur daran zupfen. Ich habe ihr Gesicht gesehen, aber ich kann mich nicht mehr daran erinnern. Was gäbe ich, dieses Gesicht wieder zu sehen. Was gäbe ich, wenn ich die Frau wieder lebendig machen könnte. Manchmal ist es kaum auszuhalten. Auch wenn sie nicht mehr zu mir kommt. Jahrelang habe ich von ihr geträumt, die ganzen Jahre im Gefängnis, auch noch danach, es hörte erst auf, als ich Waltraud kennen lernte. Aber an das Gesicht kann ich mich nicht erinnern, auch im Traum nicht.«

Sie würde sich gern hinsetzen, am liebsten einfach die Knie weich machen und sich nach unten gleiten lassen. Stattdessen drückt sie die Knie durch und presst weiter den Rücken an die Wand.

»Ich wurde schnell gefasst. Das Urteil lautete: Lebenslänglich. Nach sechzehn Jahren, die Untersuchungshaft nicht mitgerechnet, wurde ich bedingt entlassen. Das war vor drei Jahren. Vor zwei Jahren lernte ich Waltraud kennen. Wir sind noch nicht lange verheiratet.«

Sie hört, wie Michael fragt, ganz leise, er ist kaum zu verstehen: »Weiß sie davon?«

»Natürlich nicht, meinst du, wir wären sonst verheiratet?«

Sie regt sich nicht, schlingt die Arme um die Brust und regt sich nicht.

»Seit der Entlassung aus dem Gefängnis lebe ich wie auf einer Falltür. Mit dem Strick um den Hals. Die Tür kann sich jederzeit öffnen, jederzeit. Manchmal wünsche ich mir fast, dass sie sich öffnet und endlich alles vorbei ist.«

Sie hört, wie etwas raschelt, als würde ein Geschenk ausgepackt, aber es ist kein frohes Geräusch, sondern ungeduldig, aggressiv. Papier zerreißt. Dann klappert etwas auf dem Tisch. Dann wieder diese Stille, und die Atemgeräusche, aber diesmal kommen sie auch von drinnen, die Männer atmen so laut, dass sie es hören kann, sie keuchen. Nach einer Weile sagt Sebastian:

»Die Ohrringe. Ich habe die ganze Zeit gewusst, dass …«

»Du hast es gewusst?«

Der Mann schreit und beschimpft Sebastian und schlägt mit etwas Schwerem auf den Tisch, mehrmals hintereinander. Sebastian sagt in das Hämmern hinein: »Ich habe das Band abgehört. Ich wusste die ganze Zeit, dass du hinter mir her warst.«

»Ich bin immer noch hinter dir her.«

Sie hört ein feines Klicken, ein leises, feines Klicken.

»Du musst schießen, wenn du mir nicht vergeben kannst. Ich kann mir nicht vergeben. Aber du könntest es – an ihrer Stelle. Oder du musst endlich, endlich abdrücken. Seit der Nacht, als ich das Diktiergerät angeschaltet habe, warte ich darauf. Ich kann dir auswendig sagen, was du dir versprochen hast, vor zwanzig Jahren, soll ich es dir aufsagen, ich sage es dir auf, wenn du es nicht fertig bringst abzudrücken. Ich flehe dich an, vergib mir oder mach endlich Schluss mit dieser ganzen – Farce!«

Sie reißt die Küchentür auf, blickt in das verzerrte Gesicht des Mannes, der sich jäh zu ihr umgedreht hat mit einem schimmernden schwarzen Ding in der Hand. Es gibt einen scharfen Knall, und ein furchtbarer Stoß wirft sie gegen den Türrahmen. Sie gleitet zu Boden und sieht, wie er auf sie zuspringend die Pistole fallen lässt, und spürt, wie er neben ihr ist, in der Hocke, sie aufrichten will, er schreit die ganze Zeit, »schnell, schnell, sie stirbt, einen Arzt, sie stirbt«, er schreit und schreit und umfasst sie mit den Armen, sie mag es nicht und kann nichts dagegen tun ihre Brust fühlt sich auf einmal nass an und ihr Mund auch wieso macht Sebastian denn nichts steht da mit erhobenem Arm das schwarze Ding in der Hand mit fremdem Gesicht ich kenne diesen Menschen nicht ein zweiter Knall er steht da der andere liegt auf dem Boden ich bin so müde …

Umschlaggestaltung: Marc Müller-Bremer, München
Umschlagmotiv: Anke Jacob / bobsairport
Typografie und Satz: Frese Werkstatt, München
Herstellung: Karlheinz Rau, München
Druck und Bindung: GGP Media GmbH, Pößneck

ISBN 978-3-935890-44-1